私と彼のお見合い事情

Aoi & Rei

幸村真桜

エタニティ文庫

目次

私と彼のお見合い事情

不幸な女の身の上話

ああ、どうしてこんなことになったのだろう。

神様、私がいったいなにをしたというのですか？


秋の気配が深まる、十月某日。

目の前にそびえ立つ、いかにも高級ホテルを見上げ、私、長谷川碧(はせがわあおい)は不幸すぎる自分の運命を呪っていた。母親に無理やり着せられたピンク色の着物を見て、大きなため息をつく。

腹部をきつく締め上げる帯に更に憂鬱(ゆううつ)さが募(つの)り、もうため息が止まらない。

朝からここに到着する間に、何回ため息をついたかな。きっと、百回は軽く超えているだろう。

大体、今年二十七歳になる女がこんなド派手なピンク色の着物ってどうなのよ。二十歳の頃なら許されたかもしれないけど、さすがにちょっと痛くない？

だけど、仕方がない。今日の私は、私ではないのだから。

「あの……どうかなさいましたか？」

その時、背後から控えめに声がかけられた。

さっきまで目立つ振袖姿でホテルの周りをうろついていた女が、いきなり正面玄関のまん前で動かなくなったことを不審に思ったのだろう。ホテルの制服を着たダンディーなおじ様が、ゆっくりと私に近付いてくる。

「先程からここで立ち止まっていらっしゃいますが、どこかお加減でも悪いのでしょうか？」

「……いっそ、具合でも悪くなればいいのに。私、すこぶる健康なんですよ。なにせ、幼稚園以来一度も風邪を引いていないんです。それが、ささやかな自慢だったのに、今は健康すぎる自分が憎い」

「は、はあ……。ええと……」

いきなり愚痴（ぐち）り出した私に、明らかに困っている様子のダンディーなおじ様。そんな彼の顔を、すがるように見つめた。

「おじ様は、東條（とうじょう）グループホールディングスという会社をご存じですか？」

「ええ、もちろん。日本を代表する大企業ですから。このホテルも、東條グループの系列です」

なんと、ホテルの経営にも関わっているのか。まあ、そうでなくとも、この日本で東條グループを知らない人の方が少ないであろう。

東條グループは、一般の住宅はもちろん、ホテルに病院、大型ショッピングモールや高層マンションの建設、都市開発事業といったものまで幅広く手掛けている、総合建設会社だ。

街を歩けば、『東條グループ』のシートが張られた建設中の建物をよく見かけるし、テレビからは絶えず企業ＣＭが流れてくる。詳しくは知らないけれど、建築関連のコンペですごい賞もたくさん受賞しているらしい。

世間の知名度も高く、いわゆるスーパーゼネコンというヤツなのだが……

「……私は今から、人身御供にされるのです」

「ひ、人身御供？」

「そうです。人身御供とは……『神様への生贄』という意味もありますが、『個人の利益のために人を犠牲にする』という意味もあるのです。私の父は、東條グループ系列の会社で働いているのですが、私……父の出世と家族の将来のために、東條の御曹司様とお見合いをしなければならないんです！」

うぅ、とうめき声を漏らしながら、振袖の袖で目元を拭う。涙なんて一滴も出ていないけど、心は泣いているのよ。

「お、お客様、落ち着いてください」

おじ様は、私の迫真の演技をすっかり信じてくれたらしい。心配そうに顔を覗き込んでくる様子に、ちょっとときめく。

「でも、天下の東條グループホールディングスのご子息様がお見合い相手なら、大喜びする女性も多いのではないですか？　私もお顔を拝見したことがございますが、大変な美男子で……」

「美男子だからなんだって言うんですか！　相手は百人の女性とお見合いして、その全員に断られているんですよ！　百人ですよ、百人。おじ様の言う通り、彼はかなりのイケメンでハイスペック。多少の欠陥があっても結婚したいと思う女性は多いはずです。それなのに、ただの一人も上手くいっていないなんて、おかしいと思いませんか？」

「いや、しかし……」

「しかしもおかしもありません。そんなの、人間性によほどの問題があるとしか思えません。現に、お見合いの場所はホテルのスイートルームですよ、スイートルーム！　普通、レストランとかでしょ。そんなのもう、やる気満々としか思えないんですけど⁉　もしかしたら、おかしな性癖を持つ変態かも！」

そう力説する私に、おじ様が顔をひきつらせる。

「……まさかそんな、変態だなんて……」

「だって、密室に二人っきりですよ。しかも、相手は百人斬りの猛獣。そんなところにのこのこ会いに行って、いったいなにをされるのやら……もしかすると、いきなり襲われるかも……」

「ひゃ、百人斬りって……そもそも百人に断られているわけですから、立場も意味も違うのでは？」

「密室でなにが起こっているかなんて、誰にも分からないじゃないですか！　この際、百人斬りでいいですよ！　なのに、人身御供にされた私は……なんとしてでもその御曹司に気に入られなければいけない。どんなに行きたくなくても、帰れないんです」

「ご両親に、どうしてもお見合いは嫌だと言うことはできなかったのですか？」

「私の意思など関係ありません。今日……私は、別人としてお見合いに臨まなければならないのです」

「……なにか、ご事情があるのですね」

「ええ、聞いてくれますか？　私に降りかかった不幸を……」

悲劇のヒロインになりきって瞳を潤ませながら、おじ様を見上げる。すると彼は、忙しいだろうに神妙な面持ちでコクリと頷いてくれた。

本当に、なんていい人なんだろう……

世の中捨てたものではないと思いつつ、私はおもむろに口を開いた。

私には、茜（あかね）という一卵性の双子の妹がいる。

茜は二千グラムに満たない低出生体重児として産まれた。ミルクを飲む力も弱々しく、父と母をそれはそれは心配させたそうだ。

それに比べ、私は同じ低出生体重児として産まれながら、よほど生命力が強かったらしい。新生児科の先生が驚くほどグビグビとミルクを飲んでいたそうだ。

順調に体重を増やしていく私と、なかなか体重の増えない妹。

満腹でふてぶてしく眠る私の横で、自力でミルクを飲むこともできず鼻からチューブを入れられた妹が、両親にはとても不憫（ふびん）に見えたという。

それもあって両親は、私がお腹の中で茜の分の栄養をとってしまったと思っている節があった。だが、そんなことはありえない。双子の胎児に発育の差があるのは、よくあることらしい。

けれど我が家は、自然と身体の弱い茜を中心に物事が回るようになり、物心ついた頃には分かりやすく両親に差別されていた。

しょっちゅう熱を出す茜に両親はかかりっきりで、十歳年上の兄・樹（たつき）と私は二の次。

寂しくなかったと言えば嘘になるが、その分、兄が私の面倒をよく見てくれた。

面倒見のいい兄が早くから文字を教えてくれたおかげで、四歳になる頃にはすでにひらがなが読めるようになっていた。私は、寂しさを紛らわせるように本や図鑑に夢中になった。

本の中には、私の知らない世界が溢れている。少しでも疑問に思ったことはすぐに兄が答えてくれたし、『それが知りたいのだったらこの本を読むといいよ』と、新たな本を与えてくれたりした。

やがて、たくさんの本に知的好奇心を満たされるようになった私は、自分に関心の薄い両親のことも、両親の愛情を独り占めしている妹のことも、気にならなくなっていった。

両親や妹のことは、もう諦めている。ただ両親は、私をこの世に生み出してくれた存在だし、双子の妹というのはやっぱり特別な存在だ。茜になにかあれば、できる限り力になりたいと常々思っている。

けれど、困っていることもある。それは、蝶よ花よと甘やかされて育った茜のわがままに私が巻き込まれることだ。

今回のことなど、その最たるものだろう。

そもそもの発端は、今から二週間前。父が東條グループホールディングスの御曹司である東條怜とのお見合い話を持ってきたことに始まる。

なぜ、系列会社の一社員の娘に、天上人とも言える相手とのお見合い話がきたのか――

そこには当然のごとく、〝複雑な理由〟というものがあった。

お見合い相手である東條怜は、非常に優秀な男らしい。

名門大学在籍中に、海外の一流大学に留学。卒業とともに東條グループホールディングスの本社に入社した彼は、伸び悩んでいた海外事業拡大のため渡米した。

そこで彼は次々と大きなプロジェクトを成功させ、北米を中心に東條グループの支社を増やしていったそうだ。そして今年の春、海外事業が軌道に乗ったのを機に帰国したらしい。

海外での実績が認められ常務に就任した彼は、その後も積極的に事業拡大に関わり、東條グループは右肩上がりに業績を伸ばしている。

そんな息子に対し、父である東條グループホールディングスの社長はある不安を抱いたそうだ。

同年代の親戚や友人の子供達が次々と結婚していく中、今年三十二歳になる息子には女の影がまるでない。いくら晩婚化が進んでいるとはいえ、大企業の御曹司がいつまでも独身でいるのは世間体が悪い。

仕事漬けで出会いもないのだろうと、社長は家柄の釣り合う良家のお嬢様とのお見合いをセッティングしたのだそうだ。

しかし、どういうわけか何度見合いをさせても話がまとまらない。

困り果てた社長は、仕事に励む息子に『そろそろ身を固めて社長職を継ぐ準備をしないか？』と、はっきり尋ねたのだそうだ。ところが彼は、社長にとんでもないことを言い放ったらしい。

曰く、『会社は継ぐが、結婚は一生するつもりがない。跡取りは養子でもとればいい』と。

予想だにしていなかった息子の言葉に、社長は大慌て。

焦った挙げ句、相手は誰でもいいとばかりに、立て続けにお見合いをさせたそうだ。

まずは本社、続いて系列会社の重役の娘……その時点で誰でもよくはないんじゃないかとツッコミを入れたくなるが、結果は惨敗。

途方に暮れた社長は、今度は手当たり次第に妙齢の娘さんのいる社員へ声をかけ始めた。

そうして、末端社員である父のもとにまで御曹司様とのお見合い話がやってきたというわけなのだ。

もちろん見合い相手は、私ではなく茜である。

それは、全然構わない。どれだけハイスペックであろうと、私はそんな変人御曹司になど興味はないから。

最初は渋っていた茜も、写真で見た御曹司の顔が好みにドンピシャだったらしい。とりあえず行ってみるという茜の返事に、両親は手を取り合って大喜び。

どんなに変わり者だろうと、相手は大企業の御曹司。この見合いが上手くいけば、これ以上ない玉の輿だ。それに、娘が次期社長夫人ともなれば、万年平社員の父が役職付になるのも夢ではない。

我が家は一気にお祭り騒ぎとなってしまった。見合いに向けて盛り上がる三人を横目で見ながら、私はさっさとその日に予定を入れた。

この時点で嫌な予感はしていた。そしてこういう時の私の予感は、まず外れることがないのだ。


そうして迎えたお見合い当日。

幼なじみと出かける約束をしていた私は、玄関で靴を履いていた。

お気に入りだが、履くのに時間がかかるレースアップのショートブーツを履き終え、今、まさに家を出ようとした時……

「碧」

後ろから母親に名前を呼ばれた。その瞬間、ギクリと身体が強張る。

ああ、失敗した。こんな面倒な靴を選ばずに、もっと早く家を出ればよかった。いや、いっそ昨日から外泊しておけば……

「碧、聞こえないの？」

なかなか返事をしない私に業を煮やしたのだろう。母の苛立った声にため息をつきたくなる。このまま母親の声を無視して出て行けたらどんなにいいか……

だが、我が家の最高権力者である母に逆らったら、この家で生きていけなくなってしまう。

夢を叶えるために節約中の私は、まだこの家を追い出されるわけにはいかないのだ。

仕方なく振り返った私に、鬼の形相をした母が手招きした。

「まったく、一回で返事しなさいよ。ちょっと来て、茜が大変なの」

ああ、またか……

心の中でそう呟きながら、時間をかけて履いた靴を脱いでノロノロとリビングに向かう。

リビングに入ると、目を瞑った茜がソファーでグッタリしていた。

「茜、具合が悪いって言うのよ。少し寒気がするって言うし、顔色も悪いでしょう？茜はすぐに熱を出すから、これから熱が上がるかもしれないわ。今日は大事なお見合いの日なのに……」

どこが顔色が悪いのよ。私には、すこぶるいいように見えますがね。

大体、『茜はすぐに熱を出す』なんて言うけれど、母は茜が最後に熱を出したのがいつか忘れているのだろうか。

確かに、茜は身体が弱かった。だがそれは、あくまで幼い頃の話……過去のことだ。今はいたって健康体。彼女が最後に熱を出したのは、今から十四年も前の中学一年生の冬だ。

「ねえ、碧。あなた、茜の代わりにお見合いに行ってくれない？」

ほら、来た。予想通りの展開すぎて笑えてくる。

ソファーに横になっている茜に視線を向けるが、後ろめたいことがあるからか、目を瞑ったまま私を見ようともしない。

大方、御曹司様の顔に惹かれてお見合いに行くとは言ったものの、当日になって怖気づいたのだろう。

両親から『絶対に気に入られてこい』とプレッシャーをかけられては、なおのこと。それに、万が一失敗したらエベレスト並みに高いプライドが傷つく。だから茜は、私が駆り出されることを見越して仮病を使っているのだ。

私がお見合いに行って、上手くいけば御の字。失敗したとしても責められるのは私だけ。茜には、なんの不利益もないというわけだ。本当に、ずる賢いというかなんというか。

茜は昔からこうだ。

自慢じゃないが、私は勉強も運動も茜よりできる。だが、母に言わせれば、これも私がお腹の中で茜の栄養をとってしまったかららしい。

そんなおかしな言いがかりをつけられて、これまで何度、茜の苦手な試験やら、体育テスト、果ては好きな相手への告白まで、代わりにやらされてきたことか。

そんなの漫画の世界だけだと思うだろうが、意外とバレないいんだな、これが。

まあ、茜が典型的な内弁慶タイプで友人が極端に少ないせいもあるけれど。

「いや、無理だよ。私、今から出かけるし」

無駄だとは思いつつも、一応抵抗してみる。だって、今までの替え玉の中で断トツに嫌だ。お見合い百人斬りの変人となんて、絶対に関わりたくない。

「約束って、どうせ大和(やまと)くんとでしょ。いつでも遊べる大和くんとの約束と、茜の将来がかかっているお見合い、どっちが大事なの！」

そんなもの、遊ぶ約束に決まっている。口には出さなかったが、考えていることが顔に出ていたのか、母は盛大なため息をつく。

「碧はいつもそうよね。本当に薄情な子。茜の具合が悪くても、あんたは一人でピンピンしてて。茜が可哀想だと思わないの？」

また始まった……

小学生くらいから、茜の言う『具合が悪い』は、七割方、仮病だ。そんなの、可哀想だなんて思うわけがない。なのに、どうして私が健康なことを責められなければいけないのか。

「いくら病気とはいえ、これでお見合いをドタキャンして、お父さんの出世に響いたらどうするの。あんたは、私達を路頭に迷わせる気⁉」

母の言葉に、今まで空気のように気配を消していた父までもが、「そうだ、そうだ」と加勢してくる。

五十八歳になる父が、我が家の責任を娘に押し付けるってどういうことよ。それに、入社してから今まで平社員なら、もう出世の見込みは少ないと思うのだが……

いつものこととはいえ、あまりの理不尽さに憤りを感じながらも、こうなったら逃げられないことも長年の経験でよく知っていた。

我関せずという顔で目を瞑ったままの諸悪の根源を睨みつけ、これでもかと大きなため息をつく。

「分かったよ。行けばいいんでしょう、行けば。言っとくけど、失敗しても責任持てな……」

「なんとしてでも、上手く取り入ってきなさいよ。もし、失敗したら……この家にいられないものと思いなさい」

かぶせ気味に宣言した鬼の形相(ぎょうそう)の母にどん引きしつつ、つい頷いてしまったダメな私……

ちなみに、私がド派手なピンクの振袖を着せられ、母にガンガンとプレッシャーをかけられている間も、元凶である茜は狸寝入り(たぬきねいり)を続けていた。我が妹ながら、本当にいい性格をしている。

今日一緒に出かける予定だった幼なじみの草川(くさかわ)大和にキャンセルの連絡をしたら、それだけですべてを察したらしい。彼は、『ご愁傷(しゅうしょう)さま』というメッセージとともに合掌(がっしょう)の絵文字を送ってきた。

思わず『助けにきて!』と送ったところ、『無理!!　骨は拾ってやる』と、即返事がくる。

なんて薄情なヤツなんだろう。私に味方はいないのか……

こうして私は、妹の替え玉としてタクシーに乗せられ、お見合い会場であるホテルにやって来たというわけだ。

まさに人身御供(ひとみごくう)の心境で、今にいたる。

「それは、大変でございましたねぇ」

事情をすべて話し終えた私を、眉尻を下げたおじ様が不憫(ふびん)そうに見つめてきた。

いた、ここに味方！

おじ様だけだ、私にそんな言葉をかけてくれたのは。ここに来るまで、誰一人として味方のいなかった私は、このおじ様こそ私の王子様なんじゃないかって気になってくる。

「おじ様、一生のお願いです。どうか私をここから連れ去って……」

「それはできかねます。私、妻子がいる身でございますので」

精一杯、瞳をウルウルさせて必死に訴えた私のお願いは、言い終わる前に却下された。

そうですよねー。分かっていますとも、ちょっと夢を見ただけです。

現実はそう甘くないよね。映画や漫画みたいに、都合よくピンチを救ってくれるヒーローなんて、現れるわけがない。

「ところで、お客様。お見合いは何時からなんですか？　随分長い時間、ホテルの周りを歩かれていたようですが……」

あら、見られていたのね。まあ、派手な振袖を着た女がホテルの周辺をうろついていたら、嫌でも目に入るか。

「……午後一時からです」

「午後一時⁉」

目を剥（む）いたおじ様が、私の顔と自分の腕時計を何度も見比べる。

それもそのはずで、現在の時刻は午後二時四十五分。約束の時間から、すでに二時間近くが経過していた。

　ここまで来たものの、どうしても踏ん切りがつかないのだ。

　そうしてウダウダしている間に時間だけがどんどん過ぎていき、更に行きづらくなるという悪循環に陥っていた。

　ちなみに、ホテルに着いたのは約束の時間ギリギリ。つまり私は、二時間弱もホテル周辺をウロウロしていたのだ。

「それは、大丈夫なのですか？」

「大丈夫……じゃないでしょうねぇ。さっきからバッグの中の携帯が鳴りっぱなしです」

「で、出た方がよろしいのでは？」

「そんな恐ろしいことできません。母になんて罵られるか……。私、どうすればいいのでしょう。行くも地獄、行かぬも地獄です」

　このまま帰れば、母の逆鱗に触れるのは必至。同時に、二時間近く待たせているお見合い相手から、気に入られるなんてこともありえないだろう。

「まあまあ、そう悲観せずに。もしかしたら、これが運命の出会いになるかもしれませんよ。人との出会いは、一期一会なのですから」

　悲愴感を漂わせる私を不憫に思ったのか、おじ様はそっと背中に手を当てて優しい笑みを向けてくれる。

「ありがとうございます。私、お見合いは死ぬほど嫌ですけど、おじ様に会えてよかったです」

「私も、素敵なお嬢様に出会えたことを光栄に思います。では、東條様のお部屋にご案内いたしましょう」

「ええ!?　そんな急に！　お、おじ様、私……まだ心の準備が……」

笑顔のままホテルの入口へ促(うなが)され、慌てて首を横に振る。

「では、お部屋に向かいながら心の準備を終えましょう。先方を二時間近くもお待たせしているのでしょう？　差し出がましいようですが、約束をした以上、それについてはきちんと謝罪されるべきですよ」

う、正論すぎて反論できない……

黙りこくった私にニッコリと微笑んで、おじ様はさりげなく、だが有無(うむ)を言わさず私をエスコートしていく。観念してホテルの中を歩いていると、広いロビーに豪奢(ごうしゃ)なシャンデリアが目を引く。

こんな高級ホテルに一度は泊まってみたいと思うが、今日みたいな目的では来たくなかった。

エレベーターのボタンを押したおじ様が、緊張で表情を強張(こわば)らせている私を振り返る。

「東條様は、ここの二十階にお泊まりです。きっと、お客様が到着されるのを待っていると思いますよ」

「そ、そんなことは……。あの、やっぱり私……」

つい逃げ腰になる私の背中に、おじ様がそっと手を添えた。そのまま扉の開いたエレベーターの中に促（うなが）される。渋々中に入ると、無情にもエレベーターの扉が閉まりみるみる上昇を始めた。

あっという間に目的地に到着してしまい、私はためらいながらフロアに足を踏み出す。できることなら今すぐ引き返したいが、後ろに立つおじ様がそれを許してはくれない。

「このフロアの一番奥の部屋が、東條様のいらっしゃるスイートルームです。さあ、覚悟は決まりましたか？」

「む、無理です。やっぱり私……帰ります」

往生際（おうじょうぎわ）が悪いと言われても、やっぱり得体の知れない男とのお見合いなんて嫌だ。どの道、大遅刻でこちらの第一印象は最悪。このまま逃げ帰っても結果は同じなんじゃないか、いや同じに違いない。

そう都合よく決めつけて、回れ右しようとする私をおじ様が引き止める。

「ダメです。先程も言いましたが、遅刻に対する謝罪はされるべきですよ。まして、お相手は大変お忙しい方なのですから。それに、お客様が心配されていた、いきなり襲われる……ということはないはずですから」

穏やかに断言されて、私はおじ様を見つめて尋ねてしまう。

「どうしてそんなことが分かるんですか？」

「実はここだけの話、東條グループホールディングスのご子息は……女嫌いなのです」

声をひそめて囁かれた内容に、思わず目を見開く。

「え、女嫌い？」

「ええ。確かな筋からの情報なので間違いありません。お父上は彼の花嫁探しに躍起になって気づいていないようですが、お見合いが上手くいかないのは恐らくそのせいかと。決して猛獣でも変態でもありませんので、ご安心ください」

なるほど、なるほど。御曹司様は女に興味がないのか。

「って、それじゃ、気に入られようがないじゃないですか！」

ついツッコミが口から漏れてしまった。大体、これだけ遅刻している時点で気に入られるわけもないし、謝罪しても無駄ではないか。ならばいっそ、お見合いなどせずにこのまま帰ってしまいたい。

「そんなことはありません。きっと、お客様はあの方に気に入られますよ。さあ、着きました」

「え、もう!?　ちょっとまだ心の準備が……」

私の必死の訴えを華麗にスルーして、おじ様が笑顔で部屋のインターホンを鳴らす。

「お客様。またお会いできることを楽しみにお待ちしております。それでは私は、ここで失礼させていただきますね」

優雅にお辞儀をしたおじ様が、くるりと私に背を向けた。

「あ、待って！」

無情にも遠ざかっていく背中に手を伸ばすが、むなしく空(くう)を切るだけ。

おじ様の薄情者……と、心の中で悪態をつきながらも、私は〝逃げ〟の体勢をとりつつ目の前の豪奢(ごうしゃ)な扉を見つめる。

——この時、私は大きな勘違いをしていた。

おじ様は『女嫌い』と言ったけれど、それは決して『女に興味がない』ということではない。

そのことを、私はすぐに思い知ることになるのだった。

御曹司様と初対面

どのくらいの時間、目の前の扉を眺めていただろう。

恐らく、一分にも満たない時間だろうが、私にはもっと長く感じられた。

まるで判決を待つ被告人のような気持ちになってくる。罰金で許されるなら、喜んで払うな私。

そんなことを考えていると、目の前の豪奢な扉がガチャリと音を立てて開いた。

「ひっ！」

思わず悲鳴を上げた私の顔を、扉から顔を出した長身の男が見下ろしてくる。

私には関係がないからと釣書も見なかったが、茜が食いついたのも頷けるほどのイケメンだ。

綺麗な眉に、すっと通った鼻筋。ややたれ目がちの目は、大きいというわけではないのにキラキラと輝いている。形のいい薄めの唇は、血色がよくてやけに色っぽい。

芸能人でもないのに、これほど容姿の整った人がいるんだなぁ。この顔で金持ちな上に、頭もキレるとか……神様は不公平だ。

しかし、なんだろうな……この雰囲気。一見、好青年に見えるのに、お近づきになりたくない。

無意識のうちにジリジリと後退してしまった私に、彼は一瞬目を見張った後、すぐに取り繕うような笑みを浮かべた。

「お待ちしていました。長谷川茜さん」

完璧すぎる微笑みが、どこか胡散くさい。それどころか、優しげに細められた目の奥に、冷たい光を宿している気がする。

私の勘が告げる——この男に関わってはいけないと。

早く逃げろと頭の中で鳴り響く警鐘に従って踵を返そうとした私の腕を、御曹司様に掴まれた。

「どちらに行かれるんですか？　あなたが来るのを首を長くして待っていたんですよ」

「え、いや、あの……」

一段低くなった声が、身体の奥に響く。イケメンは声まで美しいと感心しながらも、背中に冷や汗が流れる。そんな私の腕を掴んだまま、御曹司様は左手首の高級そうな腕時計を見た。

「一時間五十八分の遅刻ですか。こんなに待たされたのは生まれて初めてですね。さあ、中へどうぞ。あなたがどんな言い訳をしてくれるのか、楽しみです」

紳士的な口調とは裏腹に、強い力で部屋の中に引きずり込まれる。背後でガチャンというオートロックの音が聞こえてきて、絶望的な気持ちになった。

そのまま高そうな応接セットのソファーに座らされる。まるで退路を塞ぐように隣に座った御曹司様に、私は小さく縮こまった。

「改めまして、東條怜と申します。本日は、お忙しい中わざわざ足を運んでいただき、ありがとうございます」

「は、長谷川あお……茜です。こちらこそ、お待たせして、本当に申し訳なく……」

「では茜さん、早速、遅刻の言い訳をお聞かせいただきたいのですが？」

膝に肘をついた彼が、じっと顔を覗き込んできた。そのどこか面白がっているような表情に、頬がひきつる。

さて、どうしようか……

電車が遅延、はバレるな。大体、こんな派手な振袖を着て電車に乗る勇気はない。でも、タクシーが渋滞に巻き込まれて、というのはいかにもという感じでわざとらしいし……、この御曹司様に下手な言い訳が通じるとも思えないんだよな。

上手い言い訳が思い浮かばず答えに窮していると、彼が口を開いた。

「お答えになれませんか。それなら……」

そう言って、胡散くさい笑みを浮かべた彼の手が、私に向かって伸びてくる。

「タクシーが渋滞に巻き込まれました！」

不穏な空気を感じとり、気づけば頭の中で却下したテンプレすぎる答えを口にしていた。

「なるほど、渋滞……ですか。実は、この部屋からは、ホテルの玄関の様子がよく見えるんですよ」

ぎくりとして、恐る恐る顔を上げた私に、御曹司様がとても楽しそうに笑った。それはさっきまでの胡散くさいものとは違い、彼の本当の笑顔に見えた。

イケメンの素敵な笑顔に、状況も忘れて見とれてしまう。

「約束の時間を十五分ほど過ぎた頃でしょうか。たまたま窓の外を見たら、ピンク色のとても目立つ振袖を着た女性がホテルの周りをウロウロしているのが見えました」

彼に見とれていた私は、その言葉にハッと我に返った。

顔色が変わっただろう私に御曹司様の笑みが深まる。

な、なんてやつだ!

見ていたくせに、わざわざこんな聞き方をしてくるなんて。この男、絶対に性格が悪い。

彼は勝ち誇った様子で再び口を開いた。

「では、もう一度お聞きします。本日、約束の時間に遅れた理由はなんですか?」

その口ぶりから、私が嫌々ここに来たことも分かっていて言っているに違いない。

言葉の出ない私を、御曹司様は口元に笑みを浮かべたまま見つめている。

その余裕ぶった顔に無性に腹が立って、整った顔をキッと睨みつけた。

「来たくなかったからです! 分かってて聞くなんて性格悪いんじゃないですか?」

どうせバレているならと、半ばやけくそで叫んだ私に、彼は満足そうに頷いた。

「ええ、少し意地悪をしました。あなたの動向が気になって、かなりの時間を無駄にしてしまいましたから。いっそ、迎えに行こうかと思いましたよ。こんなことは、初めてです」

そこで、目の前のテーブルの上にパソコンとなにかの資料が広がっていることに気がついた。つまり、ここで仕事をしていたら熊のようにホテルの周りをウロウロしている私に気づいて、そのマヌケな姿をずっと眺めていたってこと？

「いつもなら、来ないなら来ないで好都合と放置するところでしたが。どうにも気になって、ご実家にも連絡してしまいました。大丈夫でしたか？」

「現在進行形で携帯が鳴りっぱなしです」

「ええ、さっきからバイブ音が響いていますね。出なくていいのですか？」

私は彼から視線を逸らした。

「お、恐ろしくて……」

その一言ですべてを察したのか、御曹司様は小さく頷きスーツのポケットから自分の携帯を取り出してどこかに電話をし始めた。

「……僕です。ええ、無事にいらっしゃいましたので、彼女の家に連絡を入れてもらえますか。思った通り、なかなか興味深い方です」

チラリと私を見た彼の視線に、ゾクリと背筋が震える。

今、興味深いとか言った？　え、私、興味を持たれている？　なんで？

「そんなことしませんよ。僕は、紳士ですから。……ふふ、褒め言葉ですね。では、切りますよ。経過は後ほど」

私から目を離さず通話を終えた彼が、携帯をテーブルに置いてこちらに向き直る。

「さて、と。茜さんは、先程ここに来たくなかったとおっしゃいましたが、僕とお見合いをしたくなかったということですか？」

「はあ、まあ……そうですね」

今更、取り繕(つくろ)いようがなく正直に答えると、御曹司様はなぜかキラキラと目を輝かせた。

「それはなぜですか？　自分で言うのもなんですが、相当な優良物件だと思いますよ。顔だって悪くないし、僕と結婚すれば一生遊んで暮らせます」

「……確かに、そうでしょうね。でも、私はそんな生活に魅力を感じません。夢もあるので。家庭に縛られるのはごめんです」

「夢、ですか。なら、なおのこと僕の財産を利用したいとは思わないのですか？」

「思いません。夢は自分の力で叶えるものでしょう？　そのために、好きでもない人と結婚なんてしたくないです」

「その意見には、同感ですね。僕も愛のない結婚をする気はありません。元より結婚する気もなかったのですが……」

そこで言葉を切った御曹司様が、じっと私の顔を覗(のぞ)き込んできた。居心地の悪さに離れようとするけれど、それ以上に距離を縮められる。

さっきから顔が近いんですけど、なんなの？　というか、すごく嫌な予感がする。

「今、僕は茜さんにとても興味がある。あなたのことがもっと知りたい。あなたはどうです？　僕に興味はない？」

こ、これは……もしかしなくとも口説かれている？

ええ？　二時間近く遅刻してきた女に、なぜ⁉

「なぜ、という顔をしていますね。僕、あなたみたいな人がタイプなんです。顔も好みですし、あまり化粧っ気のないところがいい。芯の通った考え方も好ましい。なによりり……」

私の顔をじっと見つめていた御曹司様が、私の首筋に顔を近づける。驚いて身を引こうとしたら、ソファーの肘掛けに背中がぶつかった。どうやら先程の攻防戦で、逃げ場がなくなっていたらしい。

「香水臭くない。なのに、甘い花のような……とてもいい香りがします。茜さんは、うちの系列の会社の受付をされているんですよね」

「え、ええ……」

まずいな、仕事内容とか突っ込んで聞かれたら答えられないんですけど……ていうか、近い。間近にある整った顔に、自然と心臓の鼓動が速くなる。

「あなたはお見合いに来たくなかったかもしれませんが、なんとしてでも気に入られて来いとご両親に言われているのではないですか？」

耳元で囁かれた言葉に、息を呑んだ。

「……どうしてそれを」

「分かりますよ。僕に近づいてくる人間に、下心がない方なんていませんから。この半年の間に何人の女性とお見合いをしてきたか知っていますか？」

「……百人？」

「もっといるでしょうね。いちいち数えてはいませんが、毎週、毎週……したくもない見合いに時間をとられて、うんざりしているんです。あなたのように、ご両親に言われて嫌々来た女性もいましたが、少し甘い顔をすれば、皆、僕に媚びへつらい、しなだれかかってくる。まったく、鬱陶しいことこの上ない」

その言葉に、少し違和感を抱いた。お見合いをした女性サイドから断られてきたと聞いたけれど……彼の言い方だと、むしろ彼が断りたがっているように聞こえる。

綺麗な顔を歪めた彼の指が、私の頬を撫でた。こちらを見つめる漆黒の瞳に妖しい光が灯り、よく分からない身の危険を感じて身体が強張った。なんか、まずい気がする。

「あなたは、僕に媚を売らなくていいんですか？　僕に気に入られないと、困るのでは？」

確かに、困る。困るが、彼の挑発に乗ってはいけないと私の本能が告げている。なんとかこの状況から逃げ出さなければと頭をフル回転させるが、なかなかいい案が思いつかない。

「手っ取り早く、僕に気に入られる方法を教えてあげましょうか？」

目の前で、彼のまとう空気が一変したのを感じた。変わらず笑みを浮かべているが、私を見下ろす瞳は恐ろしいほど冷たい。ゾクリと肌が粟立ち、頭の中に警鐘が鳴り響く。

逃げなければいけない——そう思うのに、魅入られたように彼から視線が逸らせない。

「この場で僕に抱かれればいい。そうすれば、あなたと結婚して差し上げますよ」

怖いくらい綺麗な顔を寄せて、彼がゆっくりと囁いた。

言葉の意味が理解できなくて唖然としていると、突然、身体が宙に浮いた。

「わっ？　なに⁉」

さっきまで座っていたソファーが、みるみる遠ざかっていく。

状況が分からず混乱する私の右足から、草履が脱げて床に落ちた。

それに構うことなく彼はどんどん部屋の奥へ進み、私を抱いたまま器用に部屋の扉を開ける。その先にあったのは、とても大きなベッド。

嫌な予感に、心臓がどくどくと音を立てる。さっき、彼はなんと言った？『気に入られたいなら、この場で抱かれろ』みたいなことを言っていなかったか？

まずい、と思った時には私の身体がベッドに投げ出されていた。焦って起き上がろうとする私の上に、彼がのしかかってくる。

「綺麗な肌ですね。触り心地もいいいし、これはなかなか楽しめそうだ」

まるで時代劇の悪代官のようなセリフを口にした御曹司様が、はだけた着物の裾から手を差し込み、太股に触れてきた。

「か、勝手に触らないで！　あなた、女性が嫌いなんじゃないの？」

肌を褒められたのは嬉しいが、こんな男のために毎日ケアをしているわけじゃない。私を見下ろす顔をキッと睨みつけると、再び彼の雰囲気が変わった。

黒い、なんか黒いよ！　なにがって、オーラが。聖人君子みたいな顔をして、裏で悪いことしているタイプなんじゃないの、この男。

「そんなこと、誰に聞いたのです？　……ああ、そういうことですか。あの人も相当焦っていますね」

どことなく不穏な気配をまとった彼の手が、私の頬に触れる。内心の怯えを隠して相手の顔を睨み続けていると、御曹司様の目がすっと細まった。

「いいですね、その目。最初に見た時から、すごく印象的でした。意思の強そうな、とても綺麗な目だ。あなたはなにか勘違いしているようですが、僕の恋愛対象は女性ですよ。ただ、受け付けない女性が多いというだけです」

話が違うじゃない、おじ様！　襲われるようなことはないんじゃなかったの？　現在進行形で襲われているんですけどー！

表情を強張（こわば）らせる私を見つめて、彼はクスリと笑った。そのまま耳元に唇を寄せてくる。熱い息が耳にかかり、身体がビクリと震えた。

「……やっぱり、とてもいい香りがする。なんなのですか、あなたは。あの人——父に僕を誘惑するよう頼まれました？」

「は？　父？　誘惑？」

この男は、なにを意味の分からないことを言っているのだろう。

そんなことより、今はこの状況から抜け出す方が先だ。私は、彼の下から抜け出そうと必死にもがくが、細身に見える身体はびくともしない。

すると、首の辺りに顔を埋（うず）めていた彼が顔を上げ、私のことを見下ろしてきた。笑みを消した瞳の冷たさに、ゾッとする。

「遅刻も、僕に興味がない振りをするのも作戦ですか？　あの人に、そうすれば僕の気を引けるとでも吹き込まれました？」

「なにを言って……」

「まだとぼけるつもりですか？　まあ、いいです。それなら、続きをしましょうか。僕に気に入られたいんでしょう？　どうぞ、僕を誘惑してみてください」

その、完全に人を見下している視線に頭に血がのぼった。確かに、なんとしても上手く取り入ってこいとは言われたけれど、そんなこともう知るか。

いくらイケメンでも、こんな男となんて絶対にごめんだ！

着物を脱がそうとしてくる男の手から逃れようともがくが、ベッドのスプリングが利きすぎて思うように動けない。必死の抵抗を続けているうちに、頭になにか硬いものが当たった。反射的にそちらを見た私は、目に飛び込んできた衝撃的な光景に危うく悲鳴を上げそうになる。

な、なに⁉　このピンク色のいかがわしい形をしたものは⁉

よく見たら、ムチとかロウソクまである⁉

なんと、ベッドの上には、見るからにいかがわしいものが散乱していた。

驚愕しながら男の顔を見上げると、彼はニヤリと笑って、その中から男性器を模した――いわゆる〝大人のおもちゃ〟を手にとった。

「実は僕、これで女性がよがり狂うのを見るのが趣味なんです。あと、痛みに歪む顔も大好きでしてね。ああ、大丈夫です。それさえも快感に変わるように調教して差し上げますよ」

彼は笑顔のまま、手に持ったそれのスイッチをカチリと入れた。

私の顔からサッーと血の気が引く。

人の性癖をどうこう言うつもりはないが、自分が当事者となれば話は別だ。

ヴーヴーと音を立てるおもちゃを持ったまま、こちらへにじり寄ってくる御曹司様。余裕ぶっている綺麗な顔を睨みつけ、私はタイミングを計る。そして——男の急所めがけて右足を勢いよく上げた。

私の渾身の蹴りを、咄嗟におもちゃを放り投げた御曹司様が腕で受け止める。

「……っ！　これは、驚いた。特技はピアノではなかったのですか？」

それは、茜の特技。私の特技は空手だ。小学校から高校まで続けていて、黒帯を持っている。

だけど、彼と同じくらい私も驚いていた。

完璧に相手の隙を狙った私の蹴りを、御曹司様はなんなく受け止めたのだ。いくらブランクがあるうえに着物を着ているとはいえ、まさか止められるとは思わなかった。

だけど、本来の目的は叶った。私の反撃がよほど予想外だったのか、彼は目を見開いたまま固まっている。私はその身体を思いっきり突き飛ばし、急いでベッドから下りた。

「誰にも誘惑しろなんて頼まれてないわ！　いくらイケメンでも、あなたに触れられるのなんかお断りよ。この、変態腹黒野郎！」

ベッドの上で呆気にとられたように私を見つめる御曹司様にそう言い放ち、猛ダッシュで部屋の出口へ走った。

「……くっ、くく、変態腹黒野郎って。そんなことを面と向かって言われたのは初めてです」

ドアノブに手をかけたところで背後から楽しそうな声が聞こえて、反射的に振り返る。いつの間にベッドを下りたのか、彼は寝室の扉にもたれかかり、悠然と私を見つめていた。

「長谷川茜さん、あなたのことが気に入りました。望むものはなんでも差し上げますので、僕のものになってください」

思いがけない彼の言葉に唖然としながらも、もげるほどの勢いで首を横に振る。こんな変態男に好かれても、全然まったく嬉しくないわ。

「結構です。自分の望むものくらい、自力で手に入れてみせますから。それに、あなたみたいな変態、絶対にお断りだわ」

我ながら結構なことを言っていると思うのに、なぜか彼は嬉しそうに微笑んだ。

「いいですね。あなたのそういうところが実に好ましい。今回のお見合い、進めてもらうよう父に話しておきます」

「……そうですか。父と母が喜ぶと思います」

そうだ、私はあくまで代役。茜がこの男の性癖についていけるのかは分からないが、そこは二人の間で解決すべき問題だろう。とにかく、当初の目的は果たした。これ以上この男と同じ空間にいたくない。私はさっさと入口の扉を開ける。

「その態度が分からないのですが。僕がお見合いを進めると言えば、あなたに逃げ道はないはずです。なのに、まるで他人事のように答えるのはなぜです？」

部屋の外に足を踏み出した状態で振り返ると、御曹司様は怪訝そうに眉間にシワを寄せていた。

「一生、分からないままでいてください」

とびっきりの作り笑顔でそう言って、私は脱兎のごとく走り出す。

要するに言い逃げ、というやつだ。

全速力で長い廊下を駆け抜けて、幸運にも二十階で停まっていたエレベーターに飛び乗った。そして、即座に『閉』ボタンを連打する。動き出したエレベーターの中でホッと息をつくが、このホテルから離れるまでは油断できない。

軽快な音を立てて一階に着いたエレベーターを飛び出し、ロビーを駆け抜ける。周囲の注目を集めている気がしないでもないが、今はそんなの気にしていられない。

やっとの思いでホテルの外に出ると、停まっていたタクシーに飛び乗った。

「すみません、すぐに出してもらえますか」

「ちょ、ちょっとお客さん。大丈夫かい⁉」

目を真ん丸にして驚いている運転手さんに首を傾げるが、バックミラーに映った自分の姿を見てぎょっとした。

先程の攻防戦のせいで、髪はぐちゃぐちゃだし、着物もかなり着崩れている。

我ながら、なんとも事件性を感じる格好だ。

案の定、「警察に行くかい？」と心配そうに聞いてきた親切な運転手さんに慌てて首を横に振る。

「違うんです！　じ、実は、今日このホテルで結納をする予定だったんですけど、直前で彼の浮気が発覚してちょっと修羅場を……。あ、そうだ！　早く出してください！　捕まったら、浮気男と結婚させられちゃいます！」

我ながら苦しい言い訳だけど、ホテルで着物を着ている理由がお見合い以外に結納しか思いつかなかった。通用するか心配したが、その心配は杞憂に終わった。

「災難だったねぇ。でも、結婚する前に分かってよかったじゃない。浮気なんてする男はロクなもんじゃないよ！」

人のいい運転手さんは、私の下手な言い訳をすっかり信じてくれたらしい。バックミラー越しに同情の目を向けつつ、急いで車を出してくれた。

ひとまず行き先を告げて、ホッと肩の力を抜く。そして、ずっと放置していた携帯を鞄から取り出すと、そこにはおびただしい数の着信履歴が残っていた。画面いっぱいに『母』という文字が並んでいるのを見て、私はブルリと身震いする。

なんだか気に入られたっぽかったけど、後先考えずに喧嘩を売ってしまった自覚もある。これは、本格的に家を追い出されるかもしれない。

ダメだ。恐ろしすぎて、とてもじゃないが家には帰れない。それに……私は、乱れきった自分の姿を見下ろした。この格好で帰ったら、母になにを言われるか分かったものじゃない。

私はタクシーの運転手さんに行き先を変更してもらい、今日会うはずだった幼なじみの住むマンションへ向かった。

約束がなくなったとはいえ、大和のことだ。出かけずに部屋でゲームでもやっているだろう。

運転手さんにお礼を言ってタクシーを降り、エレベーターでヤツの部屋のある十階に上がる。

幼なじみの草川大和は母親同士が同級生で、家も近所。幼い頃に大和の両親が離婚して、うちに預けられることも多かったため、本当の兄妹(きょうだい)のように育った。そして、今は実家の近くで一人暮らしをしている。

私とは幼稚園から大学まで一緒だった上、今は同じ会社で働いているという見事な腐れ縁。大和は私にとって、親友であると同時に、家族のような存在だった。

実は意外と整った顔をしているのだが、まったくと言っていいほど外見に構わないため、それに気づかれない残念な男だったりする。

部屋のインターホンを押すと、大和が扉を開けて顔を出した。今日も見事に頭がボサボサだ。

頭のてっぺんから足の先まで私の姿を眺めた大和は、眼鏡のブリッジを押し上げながら切れ長の目を見開いた。

「お前っ……、なんだその格好！　乱闘でもしてきたのか？」

「……まあ、そんなとこ。悪いけど、シャワーと服貸してくれない？　あ、草履片方忘れてきた」

そういえば、あの男に抱えられた時、片方脱げたんだっけ。逃げるのに必死で忘れてた。

「おい、本当になにしてきたわけ？　茜の代打で、東條グループホールディングスのお坊ちゃんとお見合いしてきたんじゃないのかよ」

「してきたよ。ホント、とんでもない目に遭ったわ」

ため息をつきながら大和のマンションに入ると、鞄の中に入っていた携帯が着信を告げた。きっと相手は母だ。

正直、出たくない。だけど、命じられたことはやってきた。それに、直接小言を聞くよりは、まだ電話の方がマシだろう。面倒くさくなったら電波がー、とか言って切っちゃえばいいや。

「はい、もしも……」

『碧！　あんた、でかしたわ！』

携帯を耳に当てた途端、聞こえてきた母の興奮したキンキン声に、思わず携帯を耳から離す。

な、なに……？　なんか、褒め言葉のようなものが聞こえた気がするんだけど。テストで百点をとっても、マラソンで一位になっても、決して私を褒めることなんてなかった母が？

「え、あ、あの……」

動揺のあまり上手く言葉が出てこない私に、母が電話口で捲し立てる。

『急なことだったのに、よくやってくれたわね。さっき東條さんから、この話を進めてほしいって連絡があったのよ。ああ、これで茜の将来は安泰だわ。本当にありがとうね、碧』

「あ、う、うん……」

いつになく上機嫌な母にゾクッと背筋を震わせながら、電話を切る。褒められた上に、お礼まで言われるなんて……怖いんですけど。鳥肌たったし。空から槍でも降るんじゃないかな。

「電話、おばさん？　マジでなにがあったわけ？」

訝しげな顔で私を見つめる大和に、今日の出来事を話す。彼は何度も驚愕の声を上げ、最後には呆れた様子でため息をつき、私にパーカーとジャージを差し出した。

「お前、めちゃくちゃ面倒くさいことになってるじゃん。大体、碧は茜に甘すぎるんだよ。前から言ってるけど、それ、茜のためにならないぞ」

「分かってるよ。けど、茜に甘いのは私よりお母さんだから。まあ、気に入られてこいっていう指令はクリアしたし。これで、この件に関してはお役御免でしょ」

「お前、それ本気で言ってるわけ？　話を聞く限り、その見合い相手は相当なクセ者だ。どうせお前、茜のフリなんてしてないだろうし、御曹司様が気に入ったのはあくまで碧ってことだろ。今後、絶対に厄介なことになると思うけどな」

「そうだよね。茜があの男と結婚したら義理の姉弟だよ。私、そんな可能性、すっかり忘れて喧嘩売ってきちゃった」

そう言ったら、大和が大きなため息をついた。

「……我が幼なじみながら、バカすぎて話にならない」

額に手を当てて、項垂れる大和にムッと唇を尖らせる。

バカって、ひどい。学校の成績では、大和に負けたことがないというのに、失礼な。

「その御曹司様が、茜に会ったら絶対別人だって気づくぞ。お前ら、顔はそっくりでも雰囲気も中身も正反対だからな。よっぽどのマヌケじゃない限り、騙されたりしないと思うぞ。そうなったら、どうなるかなー。お前も、タダじゃ済まないだろうな」

「……怖いこと言うのやめてよ」

「俺は事実を言っているだけだ。まあ、別にお前が変な男に捕まろうと、知ったこっちゃないし。だけど、いいか？　俺のことは、絶対に巻き込むなよ」

人差し指を突きつけて、釘を刺してくる大和に再びムッとする。

私だって巻き込まれたんですけどー。

でも、大和の言うことにも一理ある。経歴を見ただけでも優秀だと分かるあの男が、替え玉に気づかないとは思えない。

どうしよう。なんだか、すごく嫌な予感がする――

これからのことに、一抹の不安を覚えつつ、私は着替えを持ってお風呂場に向かう。

勢いよくシャワーを浴びながら、今日の出来事も、汗と一緒に流れてしまえばいいのに、と本気で思った。

だが、そう都合のいいことなど、現実に起こるはずもない。

自他ともに認める超現実主義者の私は、世の中がそんなに甘くないことをよく知っている。

今更遅いと思いつつ、たとえ家を追い出されても、今回の見合いばかりは断固拒否するべきだったと自分の行(おこな)いを深く後悔するのだった。

※　※　※

バタンとホテルの扉が閉まるのを見届けてから、俺――東條怜はゆっくりとベッドルームに戻った。

ベッドの上で不愉快な音を上げ続けるもののスイッチを切り、床に置いてあった箱に放り投げる。

乱れたベッドに彼女の残り香を感じて、思わず口元が緩(ゆる)んだ。

着物の裾から覗(のぞ)いた彼女の白い肌を思い出し、身体の芯が熱を持つ。こんな気持ちになるのは、何年振りだろうか。

「さて、と」

まずは、やるべきことをやってしまおうとベッドルームを出て、テーブルに置いてあった携帯を手に取る。電話をかける相手は、我が優秀な右腕――もとい秘書だ。

『もしもし？　終わったのか？』

親友でもあるこの秘書は、俺に対してとてもフランクだ。ちなみに俺の方は、丁寧に話す時とフランクに話す時の両方がある。使い分けているというより気分で変えることが多い。

「ええ、逃げられてしまいましたが……。それで、調べてほしいことがあるんです。彼女の詳細な経歴と……年の近い姉妹がいれば、その方の経歴もお願いします。少し、気になることがありまして」

『了解。今回の見合い相手、そんなに気に入ったのか？』

「そうですね……。また会いたいと、思うくらいには」

『……その相手、例の変態設定を受け入れたのか？』

「いいえ、ドン引きしていましたね。危うく再起不能にされるところでした」

彼女の見事な蹴りを思い出し、クスリと小さな笑みが零れる。初めて、格闘技をしていたことに感謝した。咄嗟に防御できなかったら本当に男としての機能を失っていたくらい、見事な蹴りだった。

『なにがあったか、後で教えろよ。じゃあ、とりあえず調べておく』

「ええ、よろしくお願いします」

電話を切った後、俺は資料に紛れていた今日の見合い相手の釣書を手に取る。

東條家の跡取りとして、跡継ぎを残すことは義務だと理解していた。

だが、自分の容姿や肩書に惹かれて寄ってくる、化粧や香水の匂いをプンプンさせた女達には嫌悪しか感じられない。いっそ結婚などせず、養子をとって教育した方がよほど建設的だと申し出たのだが、父は納得してくれなかった。

自身が大恋愛の末に結婚したせいか、やたらとロマンチストな父に『必ず運命の相手はいる』とお見合いさせられ続け、早半年――

「もしかしたら、見つけたかもしれない……」

釣書に添えられた、薄いピンク色のワンピースを着た女性の写真を眺める。

容姿はそっくりだが、そこに写っている女性と先程までここにいた女性が同一人物とは思えなかった。

意思の強さを感じさせる印象的な瞳。それを思い出すだけで、なぜか胸の奥が疼く。

その時、足元に転がる彼女の草履を見つけて、自然と笑みが零れた。

「忘れ物……まるでシンデレラだな。……さて、これからどうするかな」

草履を拾いながら、この見合いを進めてもらうよう父に連絡すべく、再び携帯を手にとった。

不本意な初デート

ああ、見事な秋晴れだ。徹夜明けの目に、太陽の光が沁みる……

あのお見合いから、二週間後の今日。

私は着たくもない花柄のワンピースを着せられて、ニコニコと爽やかな笑みを浮かべる御曹司様と再び対峙していた。

ほんの数時間前まで、めちゃくちゃいい気分だったのに。

なんだって、こんなことに……


時は今から数時間前に遡る。

私は勤務先である『ナチュラアース』の研究室で、眠たい目を擦りながら香水の試作品をムエット――細い短冊切りの厚紙につけていた。

今取り組んでいるのは、新しい香水の試作。テーマに即した香りを完成させるべく、調香を繰り返しているところだ。

私の勤めるナチュラアースという会社は、自然派化粧品――いわゆるオーガニックコスメの開発、販売を行っている。

幼なじみである大和のお母さんが代表取締役を務めていて、従業員数は二百人ほど。

私は理系の大学院修士課程を修了し、この会社に就職した。商品研究開発部に配属されて三年目になる。

商品の企画から開発、研究までを一手に行っている部署のため、なかなかに忙しい。

その分、様々な知識を身につけることができるという利点もある。会社に泊まり込むこともザラだが、好きで就いた仕事なので苦ではない。

なにより、ここでの仕事は、私の夢に繋がっていた。

私は将来、自分の作ったハーブ園の植物でオリジナルコスメを作り販売するのが夢なのだ。だから、この会社でありったけの技術と知識を身につけるのを目標としている。

そうして現在、『初めてのオーガニックコスメ』をテーマにした十代向けの商品の開発を担当していた。

私はムエットを揺らし、つけたばかりの香水の香りを確かめる。今回の香水のテーマは、『ファースト・パフューム』。その名の通り、少女が初めてまとう香りをイメージしていた。

「あー、眠くて頭回んないわね。あ、でもこれいいかも」

研究室の机に一番から十番のラベルのついた瓶が並べられ、それを開発に関わるメンバー十二名で取り囲む。順番に香りを嗅いでいた三歳年上のかなえさんが、目を瞑ってムエットを揺らしながらそう口にした。

「何番？」

最年長でリーダーを務める三上さんが尋ねる。かなえさんは、もう一度香りを大きく吸い込んでから答えた。

「五番」

その言葉に反応して、思わずひょこっと顔を上げる。五番は、私が調香したものだ。

「五番は誰の案？　お、長谷川さんか。うん、いいよ、これ。トップの爽やかな香りから、ラストのほんのりスパイシーで甘い香りに変化していくのが、少女が大人の階段のぼっていくっていう初々しい官能を感じるわ」

「先輩、詩人ですねぇ。でも、確かにいいな、これ」

ムエットを揺らしている大和の横で、私も香りを吸い込む。香水は、トップ、ミドル、ラストと時間の経過によって香りが変化していく。五番にはトップにシトラス系、ミドルに甘めのフローラル系、ラストにはオリエンタル系の香りがくるようにブレンドした。うん、我ながらこれはいいできだ。細かい濃度の調整は必要だろうけれど、大体思い通りの香りになっている。

「じゃあ、二番と五番を候補として社長に出すか。でも、俺は断然、五番推しだな」

「私も。多分、これが通ると思うよ」

「本当ですか？　やった！」

ムエットを交互に嗅ぎながらそう言った三上さんに、かなえさんも笑顔で頷く。ベテランの三上さんと香りものに強いかなえさんに太鼓判を押してもらい、心の中でガッツポーズをする。もし、これで社長からＯＫが出れば、初めて自分の開発した商品が世にろ？」

出ることになる。

「よし。ようやく目処もついたし、今日は帰ろうぜ。みんな、三日は家に帰ってないだろ？」

三上さんが、そう声をかけると、すぐにみんなが同調する。

「俺は、家より布団が恋しいですね。横になって身体伸ばしたい」

ぐっと背伸びをしながら大和が欠伸をする。休憩室にあるソファーで仮眠をとっていたが、背の高い大和には窮屈だったのだろう。

私は、湯船が恋しいな。この二週間、忙しくて家に帰るのが深夜だったたし、半分くらいは会社に泊まり込んでいたからずっと湯船に入れていない。

お母さんには、昼間から贅沢だと文句を言われそうだが、帰ったらまずお風呂に入ろう。頑張ったし、そのくらいの贅沢は許されるはずだ。

そう決めて、私は着替えてから大和と一緒に会社を出る。

「そういや、お見合いから二週間経ったよな？　あれから、御曹司様はなにも言ってこないのか？」

電車に揺られながら今にも落ちそうな瞼と戦っている私に、突然大和がそんなことを聞いてきた。

「さあ……。ここのところ忙しかったから、親とも茜ともまともに顔を合わせていないし。どうなってるんだろうねぇ」

「興味が薄いな。まあ、なんか進展があったら教えろよ」

　こいつ、面白がってるな。

　ニヤついている顔をギロリと睨（にら）みつけるが、大和は飄々（ひょうひょう）としている。長い付き合いだけど、この男はこういうヤツだ。

「そろそろなんかありそうな気がするんだよな。絶対、厄介なことになるって」

「怖いこと言うのやめてよ」

「ま、結局のところ、今まで茜を甘やかしてきたツケが回ってきたんだな。なにがあっても自業自得（じごうじとく）だ。じゃ、お疲れー」

　ニヤニヤしながら不吉な予言を残す大和と、駅で別れた。

　私も徹夜明けの重い身体を引きずりつつ、家に向かって歩き出す。すると、鞄（かばん）の中で携帯が鳴り出した。

　電話の相手は結婚して九州で暮らしている兄の樹だ。

「もしもし？」

『もしもし、碧？　そっちは変わりないか？　見合いからちょうど二週間経つし、そろそろまた母さんが暴走してる頃じゃないかと思ってさ』

「はは、今のところは大丈夫だよ。ごめんね、心配かけて」

『心配するのは当然だよ。碧も茜も、俺のかわいい妹なんだから。特に碧は昔から、貧乏くじを引いてばかりだからな。悪気がないのは分かっているけど、茜にも困ったもんだよ』

ああ、なんて優しい兄なのだろう。

お見合いの後、替え玉の件を報告しておいたから、きっと心配して連絡をくれたのだろう。本当に、優しい兄だ。

『もし、なにかあったら相談しろよ。俺が直接、母さんに話してもいいから』

「うん、ありがとう。その時は、よろしくお願いします。じゃあ、また連絡するね」

『ああ、またな』

電話を切って、はあっとため息をつく。

なんだか嫌な予感がするな……

大和の予言に続いて兄からの電話。なんだか変なフラグが立った気がして仕方がない。

私はモヤモヤを抱えながら家に着き、玄関を開ける。

「ただい……」

「あ、碧！　いいところに帰ってきた。今、あんたに電話しようとしていたところだったの」

玄関を開けた途端、駆け寄ってきた母に私は嫌な予感が的中したことを悟った。

くそぅ、やっぱりフラグが立っていた。

「今すぐ出かける準備をしなさい。今日は茜と東條さんの初デートだっていうのに、あの子ったら熱を出しちゃったのよ」

「はあ⁉」

熱って、また仮病？

今回も仮病だったら、替え玉は断ろう。大和の言う通り、こんなことを続けていては茜のためによくない。

ここは姉としてビシッと叱りつけてやらなければ！　そう意気込んでリビングの扉を開いた私は、ソファーにぐったりと横になっている茜の姿に眉を寄せた。

「茜……？」

あれ？　仮病じゃないの？

近づいて額に手を当てると、かなり熱い。どうやら、今回は本当に熱を出したらしい。よりにもよって、どうしてこんな日に十四年振りの熱を出すんだ。お前は遠足前の小学生か、と心の中で激しくツッコミを入れる。

「正直に体調が悪いって断ったら？」

「ダメよ。急にキャンセルなんかして、ご機嫌を損ねたら大変じゃない。いいから、さっさと準備してちょうだい。東條さん、あと一時間で迎えに来ちゃうのよ」

私の正論に対し、母は相変わらずこちらの都合なんてまるで無視した要求をしてくる。

「いや、私徹夜明けで……」

一応、拒否してみるが、こうなった母は私の言うことなど聞きはしない。

『ほら、厄介なことになっただろう』とニヤニヤする大和の顔が脳裏に浮かび、ため息が出る。

ああ、さようなら……一週間振りの湯船。

がっくりと項垂(うなだ)れた私は、追い立てられるように出かける準備をさせられるのだった。


こうして私は、我が家にやって来た御曹司様に再び差し出されたのである。

「わざわざ迎えに来ていただいてすみません、東條さん。ほら、茜。ちゃんと挨拶(あいさつ)しなさい」

「……ありがとうございます」

ブスッとした顔のまま、目も合わせずにそう口にした私を母が肘で突っついてくるが無視だ。

正直に話してキャンセルすればよかったのだ。そうすれば、私は今頃、念願の湯船に浸(つ)かってベッドでゆっくり休めていたものを……

「ごめんなさいね。この子ったら、緊張しているみたいで」

「いっ！」

母の背中への一撃でベッドに飛びかけていた意識が現実に戻り、御曹司様と目が合ってゲンナリする。

ああ、私ってば可哀想すぎる！

徹夜明けだというのに、またも茜のフリをして変態腹黒野郎の相手をしなければならないなんて……拷問じゃないか。

「いえ、僕も緊張していますから。では、行きましょうか」

微笑んだ彼に促（うなが）されて、平凡な住宅街には不釣り合いな高級車の助手席に乗せられる。

乗り心地は抜群なのだが、居心地は最悪だ。

「あなたが来てくれてよかった」

車内で二人きりになると、彼がいきなりそう言った。

なにやら含みのある言い方に、運転する綺麗な横顔を見つめる。私の視線に気づき、チラリと横目でこちらを見た彼の口角が上がった。

「先日は失礼な態度をとってしまい、申し訳ありませんでした。あなたが忘れていった草履（ぞうり）は、帰りにお渡ししますね。あの日、部屋に落ちていた片方の草履（ぞうり）を見つけて、まるでシンデレラのようだと思いました」

「話だけ聞くとロマンチックですが、実際はそんないいものじゃありませんでしたよね？」

お姫様抱っこはされたが、ベッドに放り投げられるわ、あらぬ疑いをかけられ襲われそうになるわ、挙げ句いかがわしいおもちゃを持って迫られるわで、ロマンチックのロの字もなかった。

ついじっとりとした視線を向けると、横目で私を見た彼が困ったように眉尻を下げた。

「本当に申し訳ない。僕の周りには、下心を隠した人間が多いものですから。素直に人を信用することができなくて。つい、試すようなことをしてしまいました。反省しています」

「それは、難儀な。お金持ちっていうのも大変ですね」

同情半分、嫌味半分でニッコリ微笑んだ。

「……ふふ。やっぱりあなたは面白いですね。今日のデートで、あなたのことをたくさん知りたい」

デートねぇ……なんだか、懐かしい響きだ。大学の時に付き合っていた彼と別れて以降は、仕事が楽しくて恋愛からは遠ざかっていた。デートなんて随分久しぶりだ。

といっても、これはあくまで茜の代打。久しぶりのデートだからって、まったく心はときめきません。まして、相手は変態御曹司。油断は大敵だ！

「ところで、今日はどこに行くんですか？」

「それは、着いてからのお楽しみです」

不敵に笑う姿に到着するまでかなりの不安を強いられる。だが、彼が連れて行ってくれたのは最近リニューアルしたばかりの美術館だった。意外に思っていると、入口に掲示されていた『香水瓶の世界』という文字を見つけて私の目が輝く。期間限定で行われているらしいそれに、状況を忘れて興奮してしまう。

なにこれ、今の私にジャストミートな展示なんですけど。

「と、東條さん。私、あれが見たいんですが」

「……ああ、もちろん構いませんよ。それより、その他人行儀な呼び方はやめませんか？」

「は？」

「怜と、名前で呼んでください。メールでは、名前で呼んでくれていたでしょう？」

な、なに!? 茜、御曹司様とメールなんかしてたの？ そんなの聞いてないんですけど。

いったい、どんなやりとりをしていたのか……余計なことを言って、別人だとバレないように気を引き締めなければいけない。とりあえず私は、彼にニッコリと微笑む。

「実際に呼ぶのは恥ずかしいので……。もう少し、時間をいただけませんか」

「……そうですか。残念ですが、我慢しましょう。では、行きましょうか」

笑顔の彼にエスコートされて美術館の中に足を踏み入れる。

室内は窓が多いためか、明るく開放的な雰囲気をしていた。リニューアルオープンしたばかりでテレビでも特集が組まれていたから、なかなか人も多い。

「東條さんは、美術品に興味があるんですか？」

「いえ、あまり。僕は美術品よりも建築物に目が行きますね。実は、ここのリニューアルには東條グループが関わっていて、完成したものを見てみたかったんです」

「へえ、仕事熱心なんですね」

「恥ずかしながら、仕事が趣味みたいなものでして。……仕事は、やったらやった分だけ結果が返ってくるし、裏切られることもない。それに、自分が携わったものが形になった時は、なんとも言えない達成感があります。特に、こうして人の喜んでいる姿を見ると」

周囲を見回した東條さんが、楽しそうに歩いている親子を見て目を細める。彼の本当に嬉しそうな顔に、私も温かい気持ちになった。

「その気持ち分かります。お好きなんですね、今の仕事」

「え？」

「本当に好きじゃないと、そんなこと言えないでしょう？」

だって、さっきの東條さん、すごくいい顔をしていた。好きでないとあんな顔はできないと思う。

お見合いの日にも仕事をしていた。趣味なんて言うくらいだから、休みの日はいつもあんな感じなのだろう。かなりの仕事人間っぽいが、携わったものが形になった時の喜びは、私も共感できる。

隣から視線を感じて顔を上げると、彼は真面目な顔で私のことを見下ろしていた。

キラキラした漆黒の瞳で見つめられると、なんとなく落ち着かなくなる。

すべてを見透かすようなその瞳から目を逸らしたいと思っているのに、なぜか逸らせなかった。

どのくらい見つめ合っていたのか、ふっと彼が微笑んだ。

「そうですね。考えたこともなかったですが、好きなのかもしれません。仕事ほど夢中になれるものはありませんから。あなたはどうですか？」

「はい？」

「あなたは、今の仕事が好きですか？」

彼からの質問に、ギクリと身体が強張る。これは、まずい質問だ。茜の仕事振りなど知らないし、性格を考えてもそこまで高い志を持って仕事をしているとも思えない。

かといって、茜の好感度を下げるわけにもいかないし……ここは無難に答えておこう。

「えーっと。す、好きですよ。受付は会社の顔ですから、とてもやりがいを感じています」

笑顔を張り付けて答えると、なぜか御曹司様からじっと見つめられた。

「……そうですか。それは素晴らしい心がけですね。あ、香水瓶の展示会場ですよ」

「あ、本当だ！」

一瞬でテンションの上がった私は、急ぎ足で展示会場に入る。

写真、写真撮らなきゃ。なんてタイムリー！　これはもう運命じゃない？

今作っている『ファースト・パフューム』の容器のデザインの参考になるかもしれないと思い、私はいそいそと展示された香水瓶に携帯のカメラを向ける。

香水の歴史は古く、紀元前まで遡る。当時は儀式等で使用されることが多かったそうだが、香水瓶もその頃から存在していた。

昔、香料は大変価値のあるものとされていたから、それを入れる香水瓶も豪華なものが多い。

ここに展示されているのも、そうしたものをメインにしているようだ。

様々な装飾の施された香水瓶は、それだけで立派な美術品だと思う。私は、片っ端から写真に撮り説明文に目を通していく。

この時の私は、完全に素に戻っていた。東條さんの存在も茜のフリをしなければならないこともすっかり忘れて、ひたすら目の前の香水瓶を見つめる。

今作っている香水が商品化されたら、どんな瓶が合うだろう。

やっぱり、初々（ういうい）しい色気を感じるデザインがいい。香水の色をピンクにして、四角よりは丸みを帯びたもの。もしくは瓶を花の形にしてもいいかもしれない。

それか、逆にうんとシンプルにして、自分でデコパーツをつけてカスタマイズするとか。あー、その方が、十代の若い子達にはウケるかも。

そうだ、持ち運びできるサイズにするのはどうだろう。昔は魔除けとして香水瓶を携帯していたらしいし、『恋のお守り』とか付加価値をつけたら結構いけるかもしれない。

そんなことを夢中で考えていた時、すぐ横から声をかけられた。

「随分、熱心に見ていますね」

ハッと状況を思い出した私が顔を上げると、にこやかな笑みを浮かべた彼と目が合った。気まずさに顔がひきつる。

「ご、ごめんなさい。つい夢中になってしまって」

「楽しんでいただけてなによりなのですが、あまりに放っておかれるので寂しくなってしまいました」

左手をそっと掴（つか）まれたと思ったら、私の指に彼の指が絡（から）んでくる。

動揺する私の手を持ち上げ、彼はその甲に唇をつけた。

「なので、手を繋（つな）いでいてください。でないと、僕を置いてどこかに行ってしまいそうなので」

「うっ……。だからって、キスすることはないと思いますが」

「このくらいのスキンシップで赤くなって。かわいい人ですね」

だって、慣れてないんだよ！　こんなふうに〝女性〟として扱われることなんて、今までほとんどなかった。じわじわと頬が熱くなってきて、慌てて彼から顔を背ける。

「ふふ、耳まで真っ赤だ」

「……うるさいです」

「あんまりいじめると嫌われてしまいそうですから、ここまでにしておきましょうか。そろそろお昼にしませんか？　ここのサンドイッチはおいしいと評判ですが、レストランも人気です。サンドイッチとコース料理、どちらがいいですか？」

私の気を引くように繋いだ手を揺らされ、東條さんがこちらを窺ってくる。私は茜だ、と思いつつ、なんとか動揺を抑えて返事をする。

「せっかく天気もいいので、外でサンドイッチを食べませんか？」

「いいですね。では、買ってきますので、先にあそこのベンチで待っていてください」

展示会場から見える、木陰のベンチを指さされた。

颯爽と展示会場の出口へ向かう東條さんの後ろ姿を見送った後、私は指定されたベンチに行って大人しく座る。

中庭になっているその場所はとても広く、芝生が敷かれ木々や花が植えられている。少し離れたところには、バラで作られたアーチも見えた。

そこに座り、秋の爽やかな風を感じながら東條さんのことを考える。

なんか、意外と楽しいかも。美術館で香水瓶の展示会をしていたのは偶然だろうけど、私が夢中になって見ている間は、話しかけずにいてくれた。

仕事に対する考え方も似ている部分があって、彼とはもっと色々なことを話してみたい。

そこでハッとする。

今日は、あくまで茜の替え玉だ。なのに、私が素で楽しんでどうする。

彼から向けられる好意は、私ではなく茜に向けられたものだ。気づいたその事実に、なぜか小さく胸が痛んで、慌ててぶんぶんと首を横に振った。

いやいや、自分の立場を忘れるな、私。私は茜の代打だ。

それに、いくら紳士的にふるまったとしても、相手は、私とは相容れない性癖を持つ変態御曹司。先日、生まれて初めて目にした〝大人のおもちゃ〟のことを思い出して、ぶるりと背筋を震わせた。

……うん、やっぱりこれ以上深く関わるべきじゃない。

「お待たせしました」

そんなことを考えていると、東條さんがサンドイッチの載ったトレイを持って、私のいるベンチまでやって来た。

あ、しまった。御曹司様をパシらせてしまった。

申し訳なく思いながら立ち上がって財布を出そうとすると、彼がそれを片手で制した。

「いいですよ。今日、来ていただけて嬉しかったので、そのお礼です。美術館のチケット代は押し切られてしまいましたからね」

そういえば、美術館に入る前にも少し揉めたっけ。

「そんなの当然でしょう。それに、すごく楽しかったですし、しっかり元は取れました」

私としては仕事の資料もバッチリ手に入ったし、もう大満足だ。初めは拷問だとか失礼なことを思っていたけれど、今日に限っては来てよかった。

満面の笑みを浮かべる私に、東條さんが眩しそうに目を細める。

「そんなにかわいい笑顔が見られたなら、僕も連れて来たかいがあります。さあ、食べましょう。名物だという鯖サンドとステーキサンドを買ってきたんですが、どちらがいいですか？」

「鯖サンド！　一回食べてみたかったんですよ。でも、お肉も捨てがたい……。あの、東條さんが嫌じゃなかったら、半分こしませんか？」

「いいですね。では、そうしましょうか」

「はい」

しまった。また替え玉ということを忘れて素で対応してしまった。でも、まあいいか。こうして会うことも、もうないだろうし今だけ楽しんじゃおう。

ベンチに並んで座り、東條さんは二人の間にサンドイッチの載ったトレイを置く。

「それじゃあ、ごちそうになります」

早速、鯖サンドに手を伸ばしパクリとかぶりつく。

焼いた鯖と野菜をバケットで挟んだシンプルなサンドイッチだが、塩とレモンが利いていて思った以上においしい。

「んん、おいしーい。トルコの名物らしいですけど、レモンの酸味が堪らないですね」

「そうですね。サンドイッチの具として半信半疑でしたが、なかなか」

「確かに！」

笑顔で頷く私に、東條さんが静かに微笑む。

「……こういうのも、いいものですね」

「はい？」

「こうやって食事を半分こしたり、同じ味を共有したり。なんだか、胸が温かい。こんな気持ちになったのは、初めてです」

もしかして彼は、学校帰りに買い食いをしたり、ランチをシェアしたりしたことがないのかもしれない。嬉しそうにサンドイッチを食べる東條さんに、レストランではなくてこっちにして正解だったなと思う。

「それは良かったです。天気もいいし、外で食べるとよりおいしく感じますね」

「そうですね。でも、こんなふうに感じられたのは、相手があなただからだと思いますよ」

作り物ではない、優しい笑みを向けられてドキッとする。咄嗟に彼から視線を逸らし、サンドイッチにぱくついた。

ダメダメ、これは茜に向けられている顔なんだから、ときめくな、私。

「ふふ、また赤くなった。本当にかわいらしい反応をしますね」

「き、気のせいです」

「そういうことにしておきましょうか。食べ終わったら、少し庭を歩きませんか？ここには、ハーブ園もあるそうですよ」

え、ハーブ園!?

「行きたい！　行きます！」

思いきり彼の方へ身を乗り出して勢いよく頷いてしまう。

「……また置いて行かれてしまいそうですね。さっきみたいに、手を繋いでくださいね」

悪戯っぽくそう言われて、ハッと我に返る。そんな私に、彼は楽しそうに声を上げて笑った。

「……っ！」

初めて見る、屈託のない笑顔に思わず目を奪われる。

もっと、こういう彼の素の表情を見てみたい――

そう思ってしまった自分に気づかない振りをして、私はサンドイッチを頬張った。


東條さんとの美術館デートから、一週間が経った週末の金曜日。

珍しく定時で仕事を上がった私は、更衣室で帰宅の準備をしていた。

茜と東條さんは、今日、ディナーを楽しんでからピアノコンサートに行くらしい。今日が二人の、本当の意味での初デートというわけだ。

私は白衣を脱ぎながら、昨日の夜、茜とした会話を思い出してため息をつく。

『ねえ、碧ちゃん。怜さん、どっちのワンピースが好きかなぁ？』

昨夜、自分の部屋で本を読んでいたら、いきなり茜が押しかけて来た。

私に向かって、薄いピンク色と、白地に花柄のついたワンピースを交互に身体に当てて見せる。どちらもレースがついてフリフリした、かわいいものが好きな茜らしいチョイスだ。

『さあ……。服の好みまでは、分かんないけど』

『じゃあ、ピンク色のこっちにしようかな。……ねえ、この間の怜さんとのデート、楽しかった？』

『え？』

再び、読みかけの本に目を落とそうとした私は、茜のその言葉に顔を上げた。

『分かってるとは思うけどさ、碧ちゃんは……あくまで私の代わりだからね？』

『な、なに、急に……』

『別に。ただ、怜さんのお見合い相手は私だってことを、ハッキリさせておこうと思って。好きになったり、してないよね？』

挑むように見つめてくる茜から、私は思わず視線を外した。

『……なるわけないし』

『そうだよね。碧ちゃんには、大和がいるもんね』

『は？』

どうしてここで大和が出てくるのかと首を傾げる私に、茜は取り繕うように笑顔を向けてくる。

『なんでもない。分かってるなら、いいんだ。楽しみだな、デート』

わざわざ思い知らせるみたいに言って、部屋を出て行った茜を思い出し、再びため息をつく。

もう厄介事に巻き込まれるのはごめんだ。これ以上関わるべきではない。

頭ではそう思うのに、どうしてこんなにモヤモヤするんだろう……

ダメだ、考えてもしょうがない。さっさと帰ろう。

そう思って、ロッカーからバッグを取り出したのと同時に、携帯が鳴り始めた。相手を確認すると、茜だ。

「……もしもし？」

『もしもし、碧ちゃん？　今日って、もう仕事終わった？　終わってるよね！』

電話に出た途端、早口でそう捲し立てられて面食らう。相当、焦っているようだが、いったい、どうしたというのか。

「終わってるけど……どうしたの？」

『実は今日、本社から偉い人が来ることになっていたんだけど、到着が遅れてるみたいで……。残業をお願いされちゃったの。断りたかったんだけど、そうもいかなくて……』

受付嬢をしている茜が残業することなど、年に一度あるかないかだ。それが、よりにもよって今日当たってしまったらしい。なんと不憫な……と同時に、嫌な予感がする。

『お願い、碧ちゃん！　私の代わりにデートに行って！』

予想通りの言葉に、思わずガックリとロッカーにもたれかかる。なんでこうなるかな……

「もう正直に事情を説明したら？　これ以上、嘘を重ねるのは相手に失礼だよ」

『それは分かってるけど……。ドタキャンなんて心証が悪いじゃない。これで最後にするから、一生のお願い！』

「……分かったよ」

『碧ちゃんなら、そう言ってくれると思ってた』

大和の言う通り、結局私は茜に甘いのだ。それは、生まれる前からずっと一緒にいる双子ゆえの感情なのか……。茜のためにならないと思っていても、頼られればなんだかんだと言うことを聞いてしまう。

でも、きっと今回はそれだけじゃなくて……

「あ、急がなきゃ！」

茜に聞いた東條さんとの待ち合わせ時間は、準備も含めるとかなりギリギリだ。足早に歩きながら、頭の中でやるべきことを組み立てた私は、ホームに入ってきた電車に飛び乗った。

「お、お待たせして……申し訳ありませ……」

「いえ、十分ほどですし。あなたを待つのはそれほど苦ではありませんから」

肩で息をする私をじっと見つめた東條さんが、すっと目を細めた。

「今日は、また雰囲気が違いますね」

「そ、そうですか？」

彼の言葉に、ギクリとする。

さすがに、ディナーデートに、カットソーとパンツという通勤スタイルではまずいと思い、途中で服一式を買って着替えた。でも、急いでいたため完全に自分の趣味で服を選んでしまったのだ。

今の私は、ネイビーのシンプルなワンピースに、それに合わせた靴とバッグとアクセサリー。かなり痛い出費だが、後で茜に請求しても文句は言われないだろう。

「僕は、これまでの服装よりこちらの方が好きです。とても似合っています」

「あ、ありがとうございます」

褒められて照れてしまうが、喜んではいけないと気を引き締める。とりあえず、御曹司様はシンプルな服装が好きだと、茜に教えておこう。

「では、行きましょうか」

彼にエスコートされて向かったのは、庶民には一生縁のなさそうな高級レストランだった。

食べ慣れないコース料理に最初は緊張したが、出てくる料理すべてがおいしくて徐々に緊張がほぐれてくる。

「どうしよう、すごくおいしい」

「ふふ、あなたは本当においしそうに食べますね。一緒に食事をしている僕も、楽しいです」

「そ、そうですか?」

い、いかん、完全に素になっていた。内弁慶の茜だったら、きっとひたすら猫を被って黙々と料理を口に運ぶだけだろう。だけど、せっかくのおいしい料理を楽しまないのは損な気がするんだよな。

本当に、ひとつひとつの料理が感動的においしい。

口の中で蕩(とろ)けていくステーキに、自然と頬が緩(ゆる)んでしまう。

「幼い頃から一人で食事をすることが多かったので、とても新鮮に感じます。誰かと一緒に食事をすることが、こんなに楽しく特別なことだとは思わなかった」

「いやいや、そんな大げさな。東條さんほどの方なら、食事の相手には困らないでしょう」

「そんなことはありません。ビジネスでの会食は多いですが……プライベートは寂しいものですよ」

そう言って、彼は自嘲的な笑みを浮かべた。

「僕は、自分のことが嫌いなんです」

「え？」

「正確に言うと、自分の顔が嫌いです。この顔のせいで、嫌な思いばかりしてきました。毎日嫌でも見なければならない自分の顔がコンプレックスだなんて、なかなか滑稽でしょう」

整った綺麗な顔を歪める彼は、本当に自分の顔が嫌いなようだ。誰もが羨む完璧な容姿をしているのに、それがコンプレックスになるなんてよほど嫌な思いをしてきたのだろう。

思っていることが顔に出ていたのかもしれない。苦笑した彼が、静かに口を開いた。

「僕の母は、早くに両親を亡くし養護施設で育った人でした。バイトをしながら勉強をして、必死の思いで入った大学で父と出会ったそうです」

そこで、東條さんのお父さんがお母さんに一目惚れをし、猛アピール。お母さんもお父さんの人柄に惹かれ、お付き合いが始まったそうだ。

だけど、結婚すると宣言したお父さんに、周囲は身分の差を理由に猛反対。それを振り切って、なんと二人は出会ってから三ヶ月で学生結婚したそうだ。

「ですが、父と結婚した後も、母は苦労の連続でした。姑や親戚連中にいびられ続け、僕が小学校に上がった年に心臓を悪くしてあっという間に亡くなってしまいました」

その後、いびりの標的が東條さんに移ったのだという。口汚く罵られたり、お父さんがいない時は食事を抜かれたりしたそうだ。

そんなの、立派な虐待だ。どうして母親を失った子供に対してそんなことができるのかと思うような仕打ちに、話を聞いているだけで胸が痛くなる。

表情を曇らせる私に、東條さんがなんでもないことみたいに笑った。

「それに、この顔でしょう？　助けてあげるからと、香水と化粧の匂いをプンプンさせて詰め寄ってくる女性もいましたね。そんなこともあって、とにかく僕はあの家が嫌いで憎くて、一時は跡を継いだら東條グループを潰してやろうと本気で思っていました」

「つ、潰すって……」

「親戚というだけで、東條の財産にたかる能無しどもですから。路頭に迷ってしまえばいいと思っていたんです。あの頃は、母を守りきれなかった父にも腹が立っていましたから」

そう言った東條さんは、最初に会った時に見た、恐ろしく冷たい目をしていた。

「……今、お父様とは？」

「良好な関係ですよ。毎晩、飽きもせずに母の写真を眺めてメソメソしている姿を見ていたら怒る気もなくしましてね。あの人は、仕事以外ではボンクラなんですよ。どんなに再婚をすすめられても、母以外の女性を妻にする気はないと突っぱねていますしね。なので、東條グループを潰すのではなく、邪魔者を排除することにしました」

クッと口角を上げた東條さんにゾッとする。こ、怖い、この人、絶対に敵に回しちゃいけない人だ。いったい、どうやって排除するのか興味はあるが、詳細は聞かない方がいい気がする。

「そうして邪魔者を排除した僕に寄ってきたのは、やっぱり自己顕示欲の強い派手な人間ばかりなんですよ。この顔と、財布の中身にしか興味がないような、僕が最も嫌いなタイプです。正直うんざりしましたね。顔に大きな傷でも作ったら寄ってこなくなるんじゃないかと、本気で考えたこともありましたよ」

聞けば聞くほど、可哀想になってくる。特別顔がいいっていうのも、いいことばかりじゃないんだな。お見合いの時に聞いた『女嫌い』の理由もなんとなく想像できるというものだ。

彼の話を聞いた後では、『なんて贅沢な話なんだ』なんて、とても言えない。経歴だけ見れば、なんの苦労もないお坊ちゃんに見えるのに、人は見かけによらないということか。

「女性にとって、顔や肩書きはそんなに重要なものでしょうか？」

「うーん。まあ、第一印象は容姿ですからね。いいに越したことはないと思いますよ。

お金だって、ないよりはあった方がいいと思いますし……」

「でも、あなたは、あまりそういうことに興味がなさそうですね？」

「だって、顔だけよくてもね……。目の保養にはなっても、人生においてなんの役にも立たないでしょ。中身のないイケメンと話すくらいなら、本でも読んで新しい知識を身につけた方がよっぽどいいと思います」

　でも、私は東條さんを顔だけの人間だとは思わないけど。

　そうじゃなかったら、この年であの実績は作れないと思うのだ。もしかしたら、容姿や家柄以外に自分の価値を見出そうと努力してきた結果なのかもしれない。

　そう考えると、あの変わった性癖も女性に対する不信感からなのだろうか。……いや、される側になるのはごめんだけど。

「では、あなたの興味を引くにはどうしたらいいのですか？」

「いや、私だって東條さんの財布の中身には興味がありますよ。セレブな方と知り合う機会なんてそうないですからね」

　さすがに失礼だったかと思ったが、彼は気を悪くした様子もなくニッコリと微笑んで頷いた。

「いいですよ、あなたになら教えましょう。耳を貸してください」

　驚きながら彼に顔を寄せる。耳元で囁かれた金額に私は驚いて目を剥いた。

「え、そんなに⁉」

「ええ。今のは東條とは関係ない僕の個人資産です。大学の時に友人とＩＴ関連の会社を興しまして。その収益で土地を買いマンション運営をしていますので」

うわ、これは生きているだけでお金が入ってくるって奴だ。本当にいるんだな、そういう人。

おまけにその会社は、人気のあるアプリを次々と開発して急成長を遂げているらしい。なんと私でも名前を知っている会社だった。

「あとは、株の配当金ですね。これも趣味といえるかもしれませんが、友人にデイトレーダーがいるので情報をもらって、そこそこ儲けています」

「そのご友人、ぜひ紹介してください！」

将来の夢のために少しでも貯蓄を増やしたい私は、思わずその話に食いついてしまった。

株は初心者には難しそうだと思って今まで手を出してこなかったが、教えてもらったら私でもできるかもしれない。

ところが、東條さんは私の発言に顔をしかめ、みるみるうちに不機嫌になってしまった。

あれ？　私、なにかまずいこと言ったかな？　株はそんなに甘くないってこと？

「どうして僕に聞かないんです？　友人なんて紹介しなくても、株のことなら僕がいくらでも教えてあげますよ」

「え？　だって、東條さんよりご友人の方が株に詳しいんでしょう？　なら、より詳しい人に聞いた方が効率がいいかと……」

「嫌です。知りたいなら、僕に聞いてください。まったく、僕の資産より株の話に目を輝かせる人なんて初めてだ。しかも、友人を紹介しろとは……。あなたに他の男を紹介するなんて冗談じゃない」

ふてくされたようにそう言う彼に、思わず笑ってしまう。

「はは。なんかその発言だと、嫉妬しているみたいですよ、東條さん」

私が笑いながらそう言った瞬間、彼の頬に朱（しゅ）が差した。恥ずかしそうに目を逸（そ）らす姿に、不覚にもキュンとしてしまう。

そんな百戦錬磨（ひゃくせんれんま）みたいな顔をして、おまけにおかしな趣味を持った変態のくせに、純情ですか。

ヤバイ、私まで照れくさくなってきた。

居心地の悪い沈黙の後、おもむろに東條さんが口を開く。

「嫉妬したら悪いですか。だって、あなたはちっとも僕に靡（なび）いてくれない。どうすれば僕のものになってくれますか？」

微（かす）かに頬を赤らめた彼に、真剣な顔で聞かれて返答に困る。本来なら茜として答えるべきなのに、気づけば私は自分の言葉で東條さんに答えていた。

「……もう少し、心の琴線（きんせん）に触れるようなことが重なれば？」

「心の琴線（きんせん）？」

「そうです。会話でも、なんでも。あなたとのデートは楽しいので、私の心の琴線（きんせん）に触れてますよ。こういうことが積み重なれば、多分、東條さんのことを好きになるかもしれません……」

恋愛とは、そういうものだろう。出会いがお見合いだって、それは変わらないはずだ。事実、私の彼への好感度は、困ったことにかなり上がっている。

「僕は、初めて会った時から心の琴線（きんせん）に触れられっぱなしですけどね。それにしても、あなたは随分、実際に会った印象とメールの印象が違うのですね」

「へ？」

「メールでは、僕に気に入られようとする意図が見え隠れしていましたが、会うとまったくそれがない。まるで、別人みたいだ」

東條さんの探るような視線にギクリとする。

まずい。なぜだか彼を前にすると、つい素の自分で接してしまう。あんなに最悪な出会いだったのに、今では東條さんと過ごす時間を楽しいと思っている。

彼は、私など見ていないというのに……

「そういえば、あなたには双子のお姉さんがいるのですよね。確か名前は、碧さんでしたか……」

胸の奥にある複雑な気持ちをどうにかやりすごそうとしていたら、いきなり東條さんの口から自分の名前が出て、ドキッとした。私を見つめる彼の視線に、冷や汗が出る。

「え、ええ、まあ。でも、今日は姉の話はやめましょう。せっかくの東條さんとのデートですし。あ、デザートがきましたよ！　わあ、おいしそう」

タイミングよく運ばれてきたデザートに、私はわざとらしく感嘆の声を上げる。心臓をバクバクさせながらデザート用のスプーンを手に持ち、彼に向かってニッコリと微笑んだ。

じっと私を見つめていた彼も、同じようにスプーンに手を伸ばしたことにホッとした。

表面上は和やかに、デザートを口に運ぶ。

……すごくおいしそうなデザートなのに、まったく味がしない。

まさか、東條さんが私の存在を知っているとは思わなかった。だけど、それがなんだと言うのだろう。たとえ私の存在を知っていたとしても、彼のお見合い相手は茜だ。

私は茜として、今日のデートを乗り切らなければ。もし、なにか言われてもシラを切り通せばいい。それだけを思って、ディナーを終えた。

しかし私は、次の目的地で大ピンチを迎えることになる。

ゆったりとしたピアノの音色に包まれて、私は襲いくる眠気と必死に闘っていた。急な替え玉だったこともあり、待ち合わせ時間に遅刻しないことに必死で忘れていたことがある。

今日のデート先はピアノのコンサート。

私は昔からピアノの音を聞くと眠くなってしまう体質なのだ。小さい頃は、茜の弾くピアノの音で寝てしまい、よく母に怒られたっけ。

しかも、先程のディナーでお腹はいっぱい。週末の仕事終わりで疲労もピークに達している。

これは、きつい。寝るなという方が無理だ。

……頑張れ、私。寝ちゃダメだ……だけど――

ワッと沸き上がった歓声と、鳴り響く拍手の音でハッと目を開いた。

え、あれ……？

状況が理解できずに戸惑う。ただ、傾いた身体と肩に感じる温もりに、じわじわと血の気が引いていく。

やばい、寝てた。思いっきり、爆睡してた――！

なんと、私の頭は東條さんの肩に乗り、彼の手が私の肩を抱いている。これは、完全に寝ていたのがバレてる。恐る恐る顔を上げると、頬杖をついた彼と目が合った。

ふっと笑みを浮かべた彼が、私の耳に唇を寄せる。

「よく寝ていましたね」

大歓声の中だというのに、やけにしっかりと聞こえてしまう彼の美声。

「す、すみません。東條さんとのデートが楽しみで眠れなかったもので」

我ながら上手い言い訳を口にしたと思ったのだが、元々嘘が苦手な私の言葉は自分でも呆れるくらいに棒読みだった。

「かわいらしい寝顔を堪能させていただいたので、構いませんよ。たくさん、悪戯もできましたし」

い、悪戯って……私、なにされた⁉

慌てて自分の身体に異変がないか確かめる。クスリと笑った東條さんが、私の肩を抱いたまま立ち上がった。当然、引っ張り上げられた私も席を立つ。

「行きましょうか。少し寄り道をしても？」

とんだ醜態を晒してしまった私に、拒否権などあるはずもない。

黙って肩を抱かれたまま会場の外に出ると、彼はコーヒーショップで飲み物を買い、近くの公園へ私を連れてきた。

「この公園、会社からわりと近いんですよ。だから、たまに来てお昼を食べたり、コーヒーを飲んだりしています。ここのベンチ、大きな木に囲まれて目立たないせいか、あまり人が来なくて落ち着くんです」

そう言って彼は奥まったベンチに座り、私にコーヒーを差し出してくる。受け取ったコーヒーを一口飲んで、ほおっと息をついた。

確かにこの場所は、落ち着くかも。風に揺れる木の葉の音しかしない空間は、どこか日常と遮断されているように感じる。

「……今日、楽しかったです。前回も含め、こんなに楽しいデートをしたのは、生まれて初めてかもしれません」

東條さんの言葉に、私は苦笑する。

「そんな、大袈裟な」

「大袈裟などではありません、事実です。結婚に向けて、本格的に話を進めてもらおうと思っていますが、構いませんか？」

「え!?　結婚って、まだ三回しか会ってないのに……？」

「お見合いとは、そういうものでしょう？　心の琴線には、これからたくさん触れていきます。それに、メールでは結婚に前向きな発言をされていたじゃありませんか」

なんと、茜はそこまで進んだ話を彼としていたのか。ということは、茜としてここにいる私は、『はい』と返事をするべきだろう。

だがしかし……頷くのは危険だと、本能が告げている。

どう答えるべきかと思案していた私は、ふと右手に違和感を覚えて何気なく視線を向けた。

そこで目に入ったものに、私の頭の中は真っ白になる。

「きゃああっ！」

私は、持っていたコーヒーのカップを放り投げて東條さんの身体にしがみついた。

「えっ！　ちょ、どうし……」

「いやーっ！　む、虫、虫！　黒くてオレンジの！　虫、とってー！」

右手の違和感の正体は、黒いボディにオレンジ色の斑点が入った、得体の知れない虫だった。

なにを隠そう、私は大の虫嫌いなのだ。それこそ、小さなテントウムシにもパニックを起こすくらいに。

「やだー、虫、怖い！　とって、とって！　助けて！」

「……これは、かわいすぎだろ。とってあげますから、僕のことを名前で呼んでください」

「な、名前⁉　呼ぶ、呼ぶから。早くとって、お願いっ！」

「じゃあ、呼んで」

「怜さん」

「さん、はいらないです。さあ、もう一度」

「怜、怜！」

虫をとって欲しい一心で、私は彼の名前を必死に叫んだ。パニックを起こしてぎゅうぎゅう抱きつく私を、彼が包み込むように抱きしめてくる。

「あー、かわいい。ねえ、碧さん、僕と結婚してくれます？」

「する！　なんでもするから、早くとって！」

この虫から助けてもらえるなら、なんでもします。結婚でもなんでも——って、ん？

結婚？

「言質(げんち)、取りましたからね。はい、もう虫はいませんから大丈夫ですよ」

安心させるようにニッコリと微笑んだ彼が、私の唇を塞(ふさ)いできた。

「んんっ！」

これ、キス⁉　今、キスされてる⁉

味わうように唇を食(は)む彼の胸を、慌てて押し返す。

「ちょっ、やめてください！　いきなりなにを……」

「どうして？　あなたはもう僕のものです」

間近から顔を覗(のぞ)き込んでくる、彼のしてやったりという笑顔に、私の身体から血の気が引いていく。いくら苦手とはいえ、虫で結婚の承諾をしてしまうなんて我ながらバカすぎる。

いや、これは茜に対する求婚であって私にではないはずだ。

メールで結婚に前向きな話をしていた茜なら、この状況は万々歳（ばんばんざい）に違いない。

でも、なんだろう。これで正解のはずなのに、胸の中がモヤモヤする。

「一生、大切にします。僕と結婚してくれますね？」

「は、はい……？」

ここは、もう頷くしかない。満足げに微笑んだ彼の腕の中で、近付いてくる彼の顔をじっと見つめる。今の私は、茜だ。プロポーズを受けた男からのキスを拒（こば）めるわけがない。

これは言い訳だろうか……

自分の気持ちが分からないまま、私はそっと目を閉じた。

※　※　※

「……今日は、ありがとうございました」

「こちらこそ。ああ、待ってください」

シートベルトを外し、車を降りようとする彼女を制止して、覆いかぶさるように顔を近付けた。

「もう少しだけ」

こちらの意図が伝わったのか、彼女が黙って目を閉じる。柔らかな感触を堪能するように唇を食むと、彼女の背筋が小さく震えた。逃げようとする身体を抱き寄せたら、ためらいがちに背中に手を回される。

その様子がかわいらしくて、角度を変えて何度も唇を重ねた。

甘い……。キスをして、そう感じるのは初めてだ。遺伝子的に相性がいい相手とのキスは甘く感じると聞いたことがあるが、あれは間違いではないのかもしれない。

彼女から微かに香る花のような香り。いつもなら不快に感じるそれを、むしろ好ましく感じる。首筋に顔を埋めて、堪能したいほどだ。

「んっ……」

彼女の口から漏れた小さな声にズクリと下半身が熱くなる。もっと深く彼女を感じたくなって、薄く開いた唇から舌を差し入れた。すると、彼女の身体がビクリと反応する。

咄嗟に反らそうとした顎を捕らえ、怯えて縮こまっている舌に自分の舌を絡めた。逃げようとしているのか、応えようとしているのか。微かに蠢く舌を夢中でねぶり、その甘さを思うままに味わう。

「ふっ……んんっ」

……かわいい、声も、反応も。彼女のすべてが自分の雄の部分を刺激する。こんなふうに感じる相手は、初めてだ。

キスをしながら、無意識のうちに右手が彼女の左胸に触れる。スタイルがいいとは思っていたが、思っていた以上にボリュームがあることに驚いて唇を離すと、真っ赤になった彼女が慌てた様子で車を降りた。

「えーっと、本当に、今日はありがとうございました。それじゃあ！」

「……ええ。今後のことは、また連絡します」

なんとも言えない複雑な表情で小さく頷いた彼女が家の中に入っていくのを見届けて、車を発進させる。

「やりすぎたか」

彼女の真っ赤な顔を思い出し少し反省する。だが、自然と頬が緩むのは止められなかった。公園ですがりつかれた時には、その場で押し倒そうかと思ったほどだ。

彼女は気がついただろうか。虫に怯えてパニックになっていたあの時、俺が彼女を〝碧〟と呼んだことを。

優秀な秘書が、俺の頼んだ調査結果を持ってきたのは見合いの翌日だった。

さすがに仕事が早いと感心しながら、調査結果に目を通す。

『今回の見合い相手には、一卵性の双子の姉がいるみたいだな。さすがに写真はないが、こちらはなかなか優秀な経歴をお持ちだ』

秘書であり、親友でもある美馬拓矢の言葉に納得して頷く。進学校として有名な高校から、国立の大学院を卒業し、現在は自然派化粧品の会社で研究職をしているようだ。

『で、今回の見合い相手は妹のはずだが……なぜか姉の方が来たと？』

『まだ確信は持てないが……恐らく。まったく乗り気ではなかったから、なんらかの事情があって、急遽身代わりになったんだろうな』

『なるほど。で、お前はその姉の方を気に入ってしまったと』

『ああ、気に入った。彼女と結婚すると思う』

拓矢が驚いたように目を見開くのを見て、ニヤリと笑う。自分でも、一度しか会っていないのに不思議だと思うが、妙な確信があった。

ビジネスの場でも、俺はこういう勘を大切にしている。なぜならそれは、かなりの確率で当たるからだ。

一応、本来の見合い相手である妹の方も、確かめに行った。偶然、妹の勤める会社へ行く機会があり、受付にぼんやりと座っている姿を遠目で確認する。一目で別人だと確信した。確かに、彼女と容姿はよく似ているが、あれはやはり姉の方に違いない。

それならば、見合いの日の他人事のような態度にも頷ける。

だが、見合いの後にアドレスを聞き、現在メールのやり取りをしているのは妹の方だろう。

そこで、相手の出方を見るためにデートへ誘ってみたら、やって来たのは姉の方だった。

ぶすくれた彼女の様子を見て、大体の事情を察する。思わず笑ってしまったが、やはり彼女と過ごす時間は楽しかった。

二回目のデートも彼女が来てくれたことに、安堵した。

自分と同じかは分からないが、ほのかな好意も感じたしキスも受け入れてくれた。いくら妹のためとはいえ、なんとも思っていない男とキスをするわけがない。

彼女とのキスの甘さを思い出し、自分の唇を指で撫でる。

早急に結婚への準備を進めようと決意するが、果たしてこのまますんなりと事が運ぶだろうか。

「少し、彼女の父親へプレッシャーをかけておくか」

奇跡的に出会えた運命の相手だ。なんとしてでも、手に入れてみせる。女などみな一緒、結婚などくだらない……と思っていた俺の価値観を変えたのだから、責任をとってもらおう。

『必ず運命の相手はいる』

そう言った父の言葉はあながち間違いではなかったなと思いながら、俺はハンドルを握り直し車を走らせた。

本日はお日柄も……よくない

十一月某日。

まさに、『本日はお日柄もよく』という大安吉日。

東條家と長谷川家の結納が、行われる……予定だ。

「で、茜とおばさん達はノコノコ結納に行ったと」

「うん、行った」

大和の部屋の、私の定位置。茶色のビーズクッションの上に体育座りをしながら、ゲームをしている大和の言葉に、私はコクリと頷いた。

デキる男はさすがに行動が早かった。

更に、彼の父親も結婚する気がないと言っていた息子がその気になっているうちにと思ったのだろう。二回目のデートから、わずか二週間後の今日、両家の結納という運びになったのだ。

「しっかし、茜もなかなか図太いよな。一回も会ったことがないくせに、よく結婚しようなんて思えるわ」

「私もそう思うんだけどね……」

今朝の茜とのやりとりを思い出して、思わずため息をつく。

『ねえ、茜。本当にこのまま結婚するの？　東條さんに、まだ一度も会ってないんだよね？』

例のド派手なピンクの振袖を着て、ご機嫌な様子の茜に私はそう声をかけた。

『うん。だって、天下の東條グループホールディングスの御曹司だよ？　結婚したら一生遊んで暮らせそうじゃん。おまけに顔もかっこいいし』

茜は、東條さんが最も嫌がりそうなことを口にした後、ジロリと私を睨んだ。

『それとも、なに？　実際に会ったら、私に渡すのもったいなくなっちゃったの？』

『なっ、そ、そんなわけないでしょ』

『じゃあ、いいじゃない。私は碧ちゃんみたいに頭もよくないし、仕事のキャリアアップも望めないもん。だから、いい男を捕まえて結婚するしかないの。碧ちゃんには大和がいるんだから、いいじゃん』

『なんでここで大和が出てくるの？　私は茜のことを心配して……』

『うるさいな、心配してなんて頼んでないし。いいから、私の幸せの邪魔しないでよね』

そのあまりの言い草に、カチンときた。これまで、どれだけ茜のわがままに付き合ってきたと思っているのか。

今回のことだって、自分で行くのが怖かったから私にお見合いを押しつけてきたくせに、邪魔ってなんだ。もう決めた。金輪際、茜のわがままなんか聞くもんか。

『あーそう。じゃあ勝手にしたら』

そうして私は、怒り狂いながら家を出てきた。

「で、うちに来たと。なんでそこで言い返さないんだよ」

「余計なことを言ったら即、母親に言いつけられて、余計に面倒くさいことになるからだよ。どうせ、私の言い分なんて聞いてくれないし」

「……あー、おばさんな。ていうか、いまだに親に言いつけるのかよ。ガキか」

テレビゲームをやっている大和の横で画面を見ながら、まったくだと頷く。

茜は二十七歳という年齢にしては少し幼いところがある。それに、双子だからなのか、昔から私に対する依存心と同じくらいライバル意識も強い。

だが、勉強でも運動でも敵わないから、私の持っているものを奪おうとする。それは物であったり、人であったり色々だ。

「しかし、何度思い出してもウケるわ。虫にびびってプロポーズに頷くとか。御曹司様、碧が来なくてショック受けてるんじゃないか？　今頃、揉めてたりしてな」

「そんなわけないじゃん。あれは、茜に対してのプロポーズだし」

「どうだか。どのみち茜本人を見れば、御曹司様にバレないわけないよな」

そうなのだ。というか、すでにバレている気がする。虫でパニックになっていたから
ハッキリとは言えないが、あの時、彼はこう言った気がするのだ。

『碧さん、僕と結婚してくれます？』と。

それに、あの人の生い立ちを聞いてしまったから分かるのだが、恐らく東條さんはうちの母や茜のような人間が嫌いだ。うちの家族のせいで嫌な思いをしていないかと思うと、少し心配になる。

さっきから胸がモヤモヤするのは、きっとそのせいだ。茜が言ったように、彼が惜しくなったからなんかじゃない。

「ていうか、お前自身は御曹司様のことどう思ってるわけ？」

「どうって……思ってたより、いい人だった。話してて楽しかったし……。幸せになってほしいなって思う」

「お前、それさ……」

その時、なにかを言おうとした大和の携帯が鳴った。着信相手を確認した大和が、私の顔を見てくる。

「碧、携帯は？」

「あ、家に忘れてきた」

腹が立ちすぎて、財布だけ持って家を飛び出してきてしまった。それを聞いて、ため息をついた大和が携帯を操作した。

「だから、俺にか。……茜からだ。もしも……はい？」

一瞬、目を見開いた大和が、なぜかニヤニヤしながら立ち上がった。

「ええ、いますよ。俺との関係ですか？　それは、俺の口からは言えないんで、碧に直接聞いてもらっていいですか」

ニヤついたまま私を横目で見る大和を見て、嫌な予感がした。これ、電話の相手……茜じゃないよね。まさか……

「分かりました。今から俺が責任を持って送って行きますので。それじゃ」

電話を切った大和がジャケットを羽織り、私の腕を掴んで玄関へ歩き出した。

「な、なに？　どこ行くの？」

「お前が茜の振りしてお見合いしたホテル。同じ部屋で待ってるってさ」

「え、やっぱりさっきの電話って……」

「御曹司様ご本人。茜が一緒にいるみたいだな。後ろでピーピー騒いでる声が聞こえたわ」

車の鍵を持った大和が、私を振り返ってニヤリと笑った。意地の悪い笑みに頬がひきつる。

「送って行ってやるよ。親切な幼なじみに感謝しろよ」

「なっ！　この、裏切り者！」

「自分で蒔いた種だろ。しっかり刈り取ってこい」

抵抗を試みるが、男の力に敵うわけもない。

容赦なく外へ連れ出され、車の中に放り込まれた。

「やっぱり面倒くさいことになったな。だから、言ったろ。バレないわけがないって」

「……なんで、あんたはそんなに楽しそうなのよ」

運転席に乗り込んできた大和を見て、眉を寄せる。

「んー、他人の不幸は蜜の味って言うだろ。ま、お前にとって御曹司様に惚れられたのが幸か不幸かは分からんけど。ただ、今回ばかりは茜もいい薬になったんじゃねぇの」

こいつ、本当にいい性格をしている。ハンドルを握っている横顔を睨みつけるが、大和はまったく気にする様子もない。

「お前、本当はこのまま御曹司様と茜が結婚するの面白くなかったんだろ？　二回のデートで、相手に好意を持ったんじゃないのか？」

「そんなことは……」

「あるだろ。何年、幼なじみやってると思ってるんだよ。いい機会だから、碧はもっと素直になれ。ついでに、茜との関係も見直すべきだな。今回のことは、相手にも迷惑をかけてるんだから」

「……分かった。ちゃんとケジメをつけてくる」

大和に正論で諭されて、ため息をつきながら窓の外に目を向ける。

怒ってるだろうな、東條さん。当然だよね、ずっと騙していたわけだし。

大和の言う通り、私は東條さんに惹かれている。出会いこそ最悪だったけど、一緒にいるのは楽しかったし、キスだって、嫌じゃなかった。車の中でされた深いキスだって、むしろ気持ち良くて……

彼とのキスを思い出し頬が熱くなってきて、慌ててその回想を振り払う。これから、断罪されに行くのに、なにを考えているの、私。

そうこうするうちに、大和の運転する車はホテルに着いた。ホテルの前には父と母が立っている。母は明らかに機嫌が悪そうで、それを見た大和の眉間にシワが寄る。

「うわ、超面倒そう。頑張れよ、健闘を祈る」

「うん、送ってくれて、ありがとう」

大和にお礼を言って走り去る車を見送ってから、父と母に近づく。私に気がついた父が、弱りきったように肩を落とした。

「碧……」

「……っ、碧！　あんたって子は！」

鬼の形相をした母が腕を振り上げ、パンッと乾いた音があたりに響いた。さすがに叩かれるとは思っていなかった私は、驚いて叩かれた左頬を押さえる。

「か、母さん、ちょっと落ち着いて」

「これが、落ち着いていられますか！　あんたが、東條さんをたぶらかしたんでしょう！　茜じゃなくて、碧がいいなんて……。今頃、茜がどんな気持ちでいるか……」

半狂乱になって私を責める母に、心の奥が冷えていく。この人は、本当に茜しか大事じゃないんだな。私も同じ娘のはずなのに、この差はなんなのだろう。

面倒だからと、言いなりになってきた自分も悪いが、こっちの話も聞かずにいきなり叩くとかひどすぎる。

大和にも指摘されたが、この人達に振り回されるのも、もう限界かもしれない。

「それで、今、茜はどこにいるの？」

「東條さんが、連れて行った。碧が来たら、返すって言って……」

母を宥めながら説明してくれた父に頷く。

なるほど、人質か。さすが、デキる男。こういうところは抜かりがない。

大和に伝言した、『前回と同じ部屋で待っている』とはそういう意味かと納得する。

周囲を見回すが、彼のお父さんらしき人は見当たらない。こんなくだらないことに付き合わされて、怒って帰ってしまったのかもしれない。会ってもらえるか分からないけれど、後で謝罪に行かなければ。

改めて、あの時、替え玉を引き受けてしまったことを後悔する。その結果、東條さん親子に多大な迷惑をかけてしまった。

「じゃあ、行ってくる」

父に声をかけてから、ホテルの入口に向かう。お見合いをした日から、五週間。またここに来ることになるとは思わなかった。

エレベーターで二十階に上がり、前回はホテルのおじ様と歩いた廊下を一人で歩く。

そして、あの日と同じ、豪奢な扉の前に立った。

あの時も、判決を待つ被告人のような気持ちだったけど、今日も同じだ。

彼とはもう、二度と会うことはないだろう。合わせる顔もないし、許してほしいなんて言えない。ただ、彼の気持ちを踏みにじってしまったことを、誠心誠意謝罪したい。

ふうっとひとつ深呼吸をしてから、意を決して部屋のインターホンを押す。しばらくすると部屋の扉が開き、裁判官である東條さんが顔を出した。

私の姿を確認した彼がホッとした様子で息を吐き、同時に驚いたように目を見開いた。

「その顔……どうしたんです？」

「え？　顔？」

首を傾げる私を部屋の中に引き入れて、彼は眉を寄せて私の左頬にそっと触れた。

「赤くなって、熱を持ってる。もしかして、叩かれたんですか？」

「あ……」

そういえば、叩かれたんだっけ。緊張してすっかり忘れていたけど、指摘されたらなんだかジンジンしてきた。

「少し冷やした方がいい。腫れたら大変だ」

彼に手を引かれて部屋の奥に進むと、茜がぶすっとした表情でソファーに座っていた。私達に気づくなり、キッと彼を睨みつけてくる。

「ちょっと、なんで手なんて繋いでるのよ。まだ付き合ってもいないんだから、碧ちゃんに触らないでよ！　ていうか、お母さん……碧ちゃんのこと叩いたの？」

ハッと表情を変えた茜が、ソファーから立ち上がりこちらへ駆け寄ってきた。

「ああ、まだいたんですね。碧さんに来ていただければ、あなたに用はありませんから、もう帰っていただいて結構ですよ」

「まだ帰らないから！　そう簡単に二人っきりになんて、してあげないんだからね！」

東條さんは騒ぐ茜を無視して、備え付けの冷凍庫に入っていた氷を袋に入れてタオルで包んでくる。そして、そっと私の叩かれた頬に当ててくれた。

「大丈夫ですか？　痛みます？」

間近から心配そうに顔を覗き込まれ、私は焦って身を引く。

「あ、あの、大丈夫ですから。それに私……あなたに優しくしてもらう資格なんてないです」

「どうして？　あなたは、僕の大切な人です。できれば、トロトロに甘やかしたいのですが」

「……はい？」

今、なんて言った？　大切？　誰が、誰を？

戸惑いながら顔を上げると、彼が蕩けきった瞳で愛おしそうに私を見つめていた。

そんな顔で見ないでほしい。胸の奥に閉じ込めようとしているこの人への好意が、溢れそうになってしまうから。

「ちょっと、勝手に二人の世界を作らないでよ！　私は許さないんだから！」

「あなたに許可をいただく必要はありません。決めるのは碧さんです」

そう言った東條さんを、茜がすごい顔で睨みつけた。

私が来る前にいったいどんなやりとりがあったのか……。随分、険悪な雰囲気だ。

いつにない茜の態度に混乱しながらも、私は本来の目的を思い出し姿勢を正す。私は、そのためにここに来たのだから。

「この度は、我が家の事情でご迷惑をおかけして、本当に申し訳ありませんでした」

東條さんから離れて、深々と頭を下げる。謝って済むようなことではないけれど、こうすることしか今はできない。

「碧さん、頭を上げてください……。あなたが悪いわけではないでしょう」

「いいえ、私が悪いんです。今まで面倒だからと、茜や母の言いなりになっていたせいで、東條さんに嫌な思いをさせてしまいました。本当にすみません。ほら、茜も謝りなさい」

茜の腕を引き、東條さんと向き合わせる。

「え、なんで？　嫌よ！」

「嫌じゃないでしょ。迷惑をかけたのは事実なんだから、分かるよね」

言い聞かせるように真っ直ぐ見つめると、茜がぐっと眉を寄せた。

「……すみませんでした」

ぶすくれた顔の茜を叱ろうとしたら、東條さんに止められる。

「謝罪の必要はありません。むしろ、彼女がわがままを言ってくれたことに感謝しています。そうでなければ、僕は碧さんに出会えなかったわけですし。僕は、最初からあなたしか見ていません。その上で、あの日、碧さんにプロポーズしたんです」

「え？」

「気づきませんでしたか？　僕は最初のお見合いの後、一度もあなたを茜さんと呼んでいません。プロポーズの時だって、碧さん、と言ったはずですよ」

やっぱり、あれは気のせいじゃなかったんだ。

彼に合わせる顔がない、許してもらえないと思ってここに来たのに、彼が茜ではなく、私を見てくれていた事実が嬉しくて堪らない。

「もう一度言います。碧さん、あなたが好きです。僕と結婚してください」

真っ直ぐに私を見つめる彼に、心が揺れる。そんなこと許されるのだろうか……

迷う私の手が、ぐいっと引っ張られた。ハッとして横を見ると、泣きそうな顔で私を見つめる茜がいた。

「そんなの、許さないんだから。ねえ碧ちゃん、この人と結婚なんてしないでしょう？　この人は、私のお見合い相手だよ。私より、この人の方が大事なの？」

「あ、茜……」

目尻に涙を浮かべた茜が、東條さんのことを睨みつける。

「碧ちゃんは私のことが一番大切なのよ。いつだって私が欲しがるものは、譲ってくれたもの。おもちゃも、食べ物も、初めての彼氏もその次の彼氏だって、私にくれたんだから」

その言葉に、古傷がズキリと痛む。高校生の時にできた初めての彼氏は、私より先に茜とキスをしていた。次にできた彼も同じ。もしかしたら、私が知らなかっただけで、もっと深い関係になっていたかもしれない。

だけどそれは、決して茜が言うように譲ったわけではない。むしろ、それらの出来事は私に深いトラウマを残した。

誰も知らない、私が持つ茜へのコンプレックス。

どんなに勉強や運動で茜に勝てても、大事な人は私を選んでくれない。両親も、恋人も――

「だから、あなたもそうよ。碧ちゃんは……」

「この人は、ダメ！」

気づくと、反射的にそう叫んでいた。驚いた様子で目を見開いた茜が、クシャリと顔を歪める。

「まさか碧ちゃん……その人のことが好きなの？」

「……分からない。でも、この人はダメ。……それに、今までだって別に茜に譲ってきたわけじゃないから。すごく、ショックだったし……傷ついてた」

私が口にした瞬間、茜が大きく目を見開く。その顔から、茜が本気で驚いているのが分かった。きっと、私の気持ちなどなにも分かっていなかったのだろう。思わず、苦い笑みが浮かぶ。

茜に見えないところで、私は泣いていたし、彼のことも茜のことも恨んでいた。ただそれを表に出さなかっただけだ。だから、大学生の時に付き合った彼のことは、茜に絶対にバレないように気をつけた。そのおかげで、順調にお付き合いは続いたけれど、私はいつも怯えていた。

彼の存在がいつ茜にバレるか。その時……彼もまた茜を選ぶのではないか、と――

私は、あっと大きく息を吐き出して、気持ちを切り替える。色んな感情が渦巻いていて頭の中がゴチャゴチャだ。今日はもう、帰った方がいいだろう。

私は、俯いてきつく唇を噛みしめている茜の背中を叩いた。

「今日は、帰ります。後日、両親と改めて謝罪に伺いますので。行こう、茜」

「待って」

茜を促して出口に向かおうとした私の腕を、東條さんが掴んだ。振り返ると、彼はすがるような瞳で私を見つめている。

「帰らないでください。まだ、あなたと話したいことがあります。茜さん、申し訳ありませんが碧さんと二人にしてもらえませんか？　ご両親が、外で待っているでしょう。先に帰ってください」

「い、嫌よ！　私、あなたみたいな性悪男が碧ちゃんの相手だなんて認めないんだから！　私から碧ちゃんをとらないで！」

茜がポロポロと涙を零し始める。東條さんから私を引き離し、ぎゅっと抱きついてきた。

「え、あ、茜?」

「ごめんね、碧ちゃん! 私……他の人に碧ちゃんをとられるのが嫌だったの。彼氏ともあっさり別れてたから、私の方が大事なんだって、傷ついてるなんて思わなかった」

「あ、茜……」

「だってね、昔の彼氏達は、私と碧ちゃんの見分けがつかなかったんだよ。ちょっと碧ちゃんの振りして近づいたらコロッと騙されて……。そんな人、碧ちゃんには相応しくないもん。でも、傷つけたいわけじゃなかったの。碧ちゃん、私のこと嫌いにならないで……」

思いがけない告白に、私は目を丸くする。そういえば昔、大和に『茜はシスコンをこじらせてる』って言われたことがあったが、あれは本当だったのか。

「私……ずっと碧ちゃんみたいになりたかった。勉強も運動もなんでもできる碧ちゃんに比べて、私は同じ顔なのに全然ダメで……」

「いくら顔は似ていてもあなたと碧さんは別の人間でしょう。優れた姉を持って卑屈になるのも分かりますが、そうやってひがむくらいなら誇れるものを作れるように努力した方がいいのでは?」

辛辣な東條さんの言葉に、茜は泣きながら彼のことをキッと睨みつけた。私を挟んで火花を散らす二人。可哀想だが、小型犬がライオンに噛みついているようにしか見えない。

「ひがんでないわよ！　あーもう、こんな人が碧ちゃんの相手だなんて……本当、最悪!!」

地団駄を踏む茜に、東條さんは余裕のある笑みを浮かべた。

「でも、認めてくださるのでしょう？　僕は、一目見てあなたが碧さんでないと気づきましたからね」

彼の言葉に、茜は悔しそうに唇を噛む。

なんだろう、この感じ。まるで、茜と東條さんが私を取り合っているみたいだ。

予想もしていなかった展開に唖然としている私を、東條さんが自分の方へ引き寄せた。

「そろそろ、碧さんと二人にしてもらえませんかね？」

「……碧ちゃんに変なことしたら許さないんだからね！」

「しませんよ。……許可が出れば、別ですが」

「絶対しちゃダメだから！　あんたなんか、碧ちゃんに振られちゃえばいいのよ！」

子供のように東條さんに向かってアッカンベーをした茜が、足音も荒く部屋を出て行った。私が思っていたよりずっと、茜は幼いのかもしれない。

茜がいなくなった途端、嵐が去った後のような静けさがやってくる。その沈黙に耐えられず、私は彼に向かって口を開いた。

「いつから、気づいていたんです？　私が茜じゃないって」

「初めて会った時から、違和感を持っていました。写真の印象と随分違っていたので。あなたへの疑惑を強めたのは、急所を蹴られそうになった時ですね。あの蹴りは、本当に素晴らしかった。危うく、再起不能になるところでしたよ」

その時のことを思い出したのか、クスクスと笑う彼に恥ずかしくなって視線を下に向ける。

「そこで、改めて調べたらあなたの存在が出てきました。ちょうど妹さんの働く会社に行く用事があって、受付に座る彼女を見ましたが、あなたとは別人だった。確信したのは、最初のデートです。妹さんとはメールで映画に行くと約束していたのに、あなたはそれを知らなかった」

ああ、なるほど。カマをかけられていたわけか。私は、彼と茜がメールのやりとりをしていたことさえ知らなかったのだから、気づくわけがない。

「それに、ちょっと圧力をかけたらお父さんが白状しましたよ」

お父さん……。思わず頭を抱えてしまった。バレた時点できちんと家族に説明していれば、今日の事態は防げただろうに……

「その時に、僕が結婚したいのは碧さんだと伝えて、今日も、必ず碧さんを連れてくるように言っておいたのですが、会社での立場より奥さんの方が怖かったらしい」

まあ、あの父ならそうだろう。たとえ、会社をクビになろうとも母に逆らうことはしない。いや、できない。あの人は、そういう人だ。

「先日もお話ししましたが、僕には受け付けない女性が多くいる。特に気位の高い女性は大嫌いです」

でも、それを知らない彼の父親は、彼を結婚させようと、手当たり次第にお見合いをセッティングしてきたそうだ。それでは、上手くいくはずもない。

「碧さんとのお見合いの時に見せたおもちゃですが、大抵のご令嬢はあれで引いてくれました。ただ、稀に乗ってくる方もいましてね。Sになったり、Mになったり、見合いを壊すのもなかなか骨が折れましたよ」

「え、じゃあ……おもちゃを使ったり痛めつけたりする趣味は？」

「ありませんよ。あれは、あくまで相手に見合いを断ってもらうための小道具です。碧さんに出会ってから、すべて処分しました」

な、なるほど。自分から断らず、わざわざ相手に断らせていた理由は分からないけど……百人斬りの謎が解けて、思わずホッと息を吐く。初対面で変態腹黒野郎と思った彼は、いたってノーマルだったらしい。

「でも、私みたいな一般家庭で育った人ともお見合いしてますよね？　その人達も無理だったんですか？」

「僕は女性の化粧や強い香水の匂いも嫌いなんですよ。それに、親にどんな手を使ってでも気に入られてこいとでも言われたのでしょうね。お嬢様方より、よっぽど積極的でした」

それはそれは……。彼のうんざりした表情から、さぞかし嫌な思いをしたのだろうと推測する。

「だけど、あなたは違いました。不快な匂いどころか、とてもいい香りがする。媚も売らず、真っ直ぐに僕を見る瞳に惹かれました」

それは多分、最低限の化粧しかしないのと、自然派の化粧品を使っているからだろう。

そんなことを考えていた私を抱き寄せ、首筋に顔を埋めた彼が大きく息を吸い込んだ。

「あなたの傍にいると、とても心が安らぐ。思えば、あの目立つ着物を着てホテルの周りをウロウロしている姿を見た時から予感はあった」

「え、いや、あの……」

私の髪を撫でながら、こめかみにキスしてくる東條さんに身の危険を感じる。咄嗟に距離をとろうとする私を、彼は逃がさないとばかりに壁に追い詰めた。

「好きです、碧さん。僕と結婚してくれるって言いましたよね？」

囲い込むように壁に腕をついて、彼は私の顔を覗き込んでくる。

なぜ、そんなにも生き生きしているのでしょうか。

顔をひきつらせる私を、彼は獲物を狙う肉食獣みたいな瞳で見つめてくる。

「あの時も言ったはずです。あなたはもう、僕のものだと」

「んっ！」

唇が重なると、すぐに彼の舌が歯列を割って口の中に潜り込んできた。顔を背けようとすると、顎を掴まれて引き戻される。

「ん、ふぁ……ん……」

舌の根を舌先で探られたかと思うと、強く吸われた。どちらのものとも分からない唾液が口の端から垂れて、鼻に抜けたような甘い声が漏れる。

どうしよ、キス……気持ちいい。

この間も思ったけど、東條さん……キスが上手い。無理矢理されているのに、なんだか応えてしまっているのはどうしてなんだ。

ヤバイ……このままじゃ、腰が砕けそう。力の入らなくなってきた脚を支えようと、彼の身体にしがみつく。

次の瞬間、彼のキスが更に激しくなった。

し、しまった。これじゃ、同意していると思われてもおかしくないじゃないか。

「碧さん……碧……」

よ、呼び捨て！　やっぱり、ノリノリだと思われてる！

どうしようと考えている間にも、彼の唇が耳を食み、首筋に下りてくる。チュッと音を立てて首の付け根に吸いつきながら、背中を撫でていた彼の手が服の中に入ってきた。

「い、嫌っ……ダメ」

「ダメ？　こんなに身体が熱くなってるのに？　本当に嫌か、確かめても？」

そう言うなり、片手で器用にパンツのボタンを外され、ファスナーが下ろされる。緩めのパンツを穿いていたせいで、ウエストが緩んだ途端それはパサリと音を立てて床に落ちた。

遠慮なく脚の間に触れてくる彼の手に、慌てて脚を閉じる。だが、そんな抵抗をものともせず、彼の指がショーツの上から割れ目を撫でた。

「……っ！」

「キスしかしてないのに、すごく濡れてる」

彼が指を動かすたびにショーツの中で小さな水音がして、カアッと頬が熱を持つ。

「碧は、誰にでもこうなるの？」

「そんなこと……」

「じゃあ、俺にだけ？」

なにも答えられない私の胸を、服の中に入り込んだ大きな手が包んだ。形を確かめるように揉み上げられて、ビクリと身体が揺れる。

「下着の上からでも中心が硬くなってるのが分かる。敏感で素直な身体だ」

「あ、やぁ……あんっ」

下着の上から胸の先端を摘まれて、ズクリとお腹の奥が熱くなる。これまで経験してきた行為とは全然違う。あまりに素直に反応する身体に自分でも戸惑った。

彼のことは嫌いじゃない。でも、このまま流されてしまうのはよろしくない。なのに、そんな心とは裏腹に、身体が思うように動いてくれなかった。

「ここも、すごく綺麗だ」

「え、きゃっ！」

いつの間にか下着がずらされて、彼の目に裸の胸が晒されている。慌てて腕で隠そうとするが、それより前に彼の口がパクリと胸の先を咥えてしまった。

ざらついた舌で乳首を擦られて、くねる腰を彼の手が撫でる。同時に、ショーツの上から敏感な芽を潰され、私の腰が跳ねた。

「あ、ああん！　んぅ、やあ、ダメェ……」

「かわいい碧……。碧の、真っ直ぐで、芯の強いところに惚れた。虫が苦手で、必死にすがりついてくる姿がかわいくてヤバかったな。他人を思いやれる優しいところも好きだ。それに、笑うとできるえくぼもかわいい。知れば知るほど、碧のことが好きになる。この敏感な身体も……堪らない」

ショーツの中に入ってきた指が、濡れそぼった割れ目をゆるゆると撫でる。膣の入口を撫でていた指が、ツプリと中に突き立てられた。

「やぁ、んん……も、やめ……」

「本当にやめてほしい？　俺に触れられて、身体はこんなに喜んでいるのに？」

耳元で囁かれて、ゾクゾクと背筋が震える。そういえば、いつもと彼の口調が違う。敬語じゃないし、一人称も〝僕〟から〝俺〟に変わっている。

「碧の中、すごく熱い。ねえ、ここに俺が欲しくない？」

それに気づいたら、彼の言葉に敏感に身体が反応してしまう。口調が変わっただけなのに、どうしてだろう。ただでさえ男前なのに、更にかっこよく見えて困ってしまう。

「ふふ、中が締まった。碧は身体の方が素直だね」

そう言って、彼が再びキスをしてきた。

「んんっ、ふう……んんっ、んぅ」

舌で口腔を掻き回されくぐもった声が漏れる。更に下半身を指で攻め立てられ、奥からとめどなく蜜が溢れてきた。その蜜が彼の指を伝ってショーツを濡らしていく。

彼の指を呑み込んだ中がヒクヒクと蠢いて、快感の波が全身に押し寄せてきた。

「碧、俺と結婚しよう。今すぐに」

顔中にキスの雨を降らせながら彼が囁く。その言葉で、私の意識が現実に引き戻された。

彼のことは好きだが、それは了承しかねる。

今の私は、妹のお見合い相手を横取りした最悪の姉だ。それに、迷惑をかけた彼のお父さんにもまだ謝っていない。

「あっ、んっ、今すぐなんて、無理です。どうして……そんなに急ぐんですか？　元々、結婚する気なんてなかったんでしょう……」

「俺のモットーは迅速に行動し、最短のルートで目的を達成すること。碧を手に入れるためには、結婚が最も効率がいい方法だと思った」

効率……

ロマンの欠片もない言い草は、普通の人なら確実に引くだろう。だが、彼と同じく効率を重視する私は、妙に納得してしまった。

ズルリと私の中から指を引き抜いた彼が、ニヤリと笑う。愛液で濡れた指を見せつけるように、ペロリと舐めた。

「欲しいと思ったら我慢できないところは似てるけど、俺は父のようなボンクラではない。好きな女はどんなものからも守ってみせる。だから、安心して俺のものになって」

自信に満ちた表情で告げる彼に、胸が高鳴る。思わず頷きそうになるが、こんな重大な決断をそう簡単にできるわけがない。

とりあえず、今日のところはさっさと退散しよう。このままじゃ、流されて頷いてしまいそうだ。

東條さんではないけれど、こうと決めたら迅速に行動するべし。

そして私は、ショーツに手をかけようとしている彼を思いっきり突き飛ばした。

驚いた顔で体勢を崩した彼の腕の中から逃れ、衣服を整えながら出口に向かって走り出す。

「とりあえず、タイム！　タイムを要求します！」

ドアノブに手をかけながら、私は唖然としている東條さんへそう叫び部屋の外に飛び出したのだった。

「で、御曹司様から逃げ帰ってきたと？」

「……だって、あのままだと食べられそうだったんだもん」

ホテルから二度目の逃亡を果たした私は、実家に戻るわけにもいかず、再び大和の家に来ていた。呆れ顔で私を見つめる大和から目を逸らし、クッションを抱きしめる。

「そのまま食われちまえばよかったんだよ。そんなもったいぶるような身体かよ」

見たこともないくせに、なんてこと言うんだ、この男は。こう見えて、無駄に胸はデカいんだぞ。東條さんにも綺麗って褒められたし。

「……ていうか、お前、本当に食われてないの？　ここに、ばっちりキスマークついてるけど」

大和はニヤニヤしながら自分の首のつけ根を指で叩く。それを見て、慌てて首を手で隠す。まさか、そんなものをつけられているとは。

確かに食われかけたけど、未遂だ。同時に、彼の唇が肌を這う感覚を思い出してしまい、思い切り頭を横に振る。

ダメだ、思い出すな。今はそれどころではない。これから大和に、大事な交渉をしなければならないのだから。

コホンとひとつ咳払いをしてから、私は正座をして大和に向き直った。

「大和さん。大変申し訳ないんですが……しばらくこちらに置いてもらえませんかね」

「嫌だ」

「即答って、ひどっ！　お願いします、大和さん！　私、ここ以外に行くところがないんです！」

私の唯一の味方である兄は、仕事の関係で九州で暮らしているから頼れない。大和に見捨てられたら、本気で行くところがないのだ。

「なるべく早くアパート探して出て行くから。その間だけ、お願い」

両手を合わせて頭を下げると、大和が驚いたように目を見開いた。

「え？　お前、家出るの？」

「うん。さすがに今回のことで懲りたというか……。少し距離を置こうと思って」

「賢明な判断だな。むしろ遅すぎるくらいだろ。いっそのこと、御曹司様に世話になっちまえばいいのに」

「そんなこと、できないに決まってるでしょ。恋人でもないのに他人の家にお世話になるなんておかしいじゃない」

反論する私に、大和は眼鏡を押し上げながら呆れた顔でため息をつく。

「俺はいいのかよ」

「大和は、もはや他人じゃない」

それに関しては同意だったらしい。小さく頷いてから、大和はわざとらしく大きく息を吐いた。

「分かったよ。さすがにここで断るほど、薄情でもねえしな。ただ、居候している間は、家事全般お前がやれよ」

「ありがとう！」

もうこの際、家政婦だろうが、なんだろうが構いません。ひとまず寝床を確保できたことに、ホッと息をつく。

貯金が減るのは正直痛いが、茜命な母はきっと私のことを許さないだろう。もう、あの家にはいられないし、いたくもない。東條さんのことも……タイムをかけて逃げてきてしまったけど、きちんと返事をしないといけない。

考えなくてはいけないことが山ほどある。

だけどまずは住む家を探さなければと思いながら、私は夕飯を作るべくキッチンに向かった。

そんな話は聞いていません

波乱の結納から、瞬く間に五日が過ぎた。私は、相変わらず大和の家に家政婦として居候している。

母とはまったく連絡を取っていないが、あの出来事をきっかけに姉妹仲が深まった茜とは、以前より頻繁に連絡を取るようになった。

生活に必要な携帯と最低限の衣類も、茜が届けてくれた。

大和の家で三人で食事をしたり、一緒に買い物に行ったりもする。その度に、東條さんの悪口を聞かされたりするが……私は、実家を離れ概ね快適な毎日を過ごしていた。

元々、家には寝に帰っているだけのようなものだったし、母の小言から解放されてストレスフリーになったのも大きい。大和の言う通り、もっと早くに家を出るべきだったと思いながら、昼休みに賃貸情報誌をチェックするのが最近の日課となっていた。

今日も、会社内にある食堂で持参したお弁当を食べ終えてから、情報誌に隅から隅まで目を通していく。

お、ここいいな。家賃も予算の範囲内だし……。あ、こっちもいいかも。

「そこはやめとけ。あんまり治安がよくない。そっちもダメだな。セキュリティゆるゆるじゃねえか」

「……」

私が丸をつけたそばから、隣の大和にバツ印をつけられていく。家で情報誌を見ていてもダメ出しばかりされて、しまいには無駄だからやめとけなんて言われる始末。

「ちょっと、最初は私が独立するの賛成してくれたのに、なんなの？　もしかして、家政婦を手放すのが惜しくなった？」

「そんなんじゃねぇよ。お前、一人暮らし初めてだろ？　いい物件が見つかるように協力してやってるんじゃないか」

協力というよりは、邪魔をされている気がするのだが。鼻歌まじりにどんどんバツ印をつけていく大和を睨みつける。

「そこまで言うなら、今度の休みに物件見に行くの付き合ってよ」

「嫌だよ、そんな無駄なこと。それより、御曹司様からはあれからなんの音沙汰もないのか？」

「うん、ない。連絡先交換してないしね」

そう、あれから東條さんからは、まったく連絡がないのだ。

もしかして、あそこで逃げ出してしまったことを怒っているのだろうか……。アプローチが熱烈だった分、なんの音沙汰もなくなった今、彼がなにを考えているのかさっぱり分からない。

「ふうん、仕事でも立て込んでるのかね。ああいうタイプは一度ハマるとヤバそうだけどな。さすがに、そろそろ……」

「そろそろ？」

「いや、なんでもない。もう仕事に戻ろうぜ。さっさと終わらせて今日は早めに帰ろう」

「はーい」

お弁当と情報誌を片付け、食堂を出て研究室に向かって大和と並んで歩き出す。

私が調香した香水が、新作コフレの中のひとつとして採用されることが決まり、現在その最終調整を行っているところだ。美容雑誌でも特集が組まれることになっていて、なかなか忙しい日々を送っている。東條さんのことでモヤモヤしていた私は、これ幸いと仕事に没頭していた。

「でも今回のお前、ホント冴えてたよな。社長も褒めてたし」

「やったね。まあ、私が本気出せばこんなもんですよ」

なんて、実は東條さんと行った香水瓶展がものすごく役に立ったんだけどね。

あの時思い付いた〝容器を好きにデコレーションできる〟という案が今回の香水の容器に採用されたのだ。更に、どうせなら新作コフレのセットも同じ仕様にしようということになった。

わりとギリギリでのデザイン変更になったから、バタバタしたけどなんとか間に合った。社員総出で頑張ったかいあって、かなりいいものが仕上がったと思う。

雑誌に載ったら、きっと売上も伸びるに違いない。

日本ではまだまだなじみの薄いオーガニックコスメ。それをもっと身近なものとするのが私の目標だ。そう思うと、現在の職務は天職と言える。

そもそも、私が今の仕事をするきっかけを作ってくれたのは、会社の社長である大和のお母さんだった。

小学生の頃、子供会の催しかなにかで石鹸作りをしたことがあった。本格的なものではなくて、削った石鹸を湯煎で溶かして精油やハーブを混ぜてもう一度固めるという箇単なものだ。だけど、色とりどりの石鹸が、なぜか私にはとても特別なものに見えた。

その時、みんなに作り方を教えてくれていたのが、大和のお母さんだったのだ。

それがきっかけで大和のお母さんの仕事に興味を持ち、色々と教わるようになった。

『そんなことも知っているなんて、よく勉強してるわね。すごいわ、碧ちゃん』

そう言って、大和のお母さんはいつも私を褒めてくれた。実の母親に褒められたことがない私はそれが嬉しくて、ますます勉強に精を出した。

やがて私は、自分のハーブ園で育てた植物でコスメを作るという夢を持ち、その夢を叶えるために、今の会社で日々努力を重ねている。

そしてそれは、これからもきっと変わらない。私が東條さんとの結婚にすぐに踏み出せない理由は、そこにもあった。

「終わったー！」

「今日は早く帰れるー」

歓喜の声を上げる先輩達の横で、私もホッと息をつく。これで、新製品の香水の調香は完了だ。充実感に満たされながら、私はぐっと背伸びをする。

「ま、すぐに次の開発が始まりますけどね」

みんなが解放感に浸る中、大和がぽつりと呟いた。

「それを言うなよ、草川くん。せめて今日くらい忘れさせてくれよ〜」

現実的な大和の一言に涙目になっている先輩を見て笑っていると、内線が鳴り響いた。

それに対応した大和が、ニヤリとしながら私を見る。

「長谷川さん、受付にお客さんが来てるそうですよ」

「お客さん？　誰？」

「さあ？　行ってみれば分かるんじゃない？」

どこか含みを持たせた言葉とニヤついた顔にムッとして、私はヤツの腕をガシッと掴んだ。

「な、お前……なにすんだよ！」

「誰か分からないなんて怖いじゃないですか。今の世の中物騒だし、草川さん付いてきてください。それじゃあ、みなさんお疲れ様でしたー」

先輩達に挨拶をして、嫌がる大和の腕をグイグイ引っ張ってエレベーターに乗り込む。

「なんだよ、お前の客なんだから、俺は関係ないだろ」

「だって、誰かも分からないなんて怖いじゃない」

「言わなくても大体分かるだろうよ、察しろ。ったく、まあいいや。御曹司様にもちょっと興味あったし」

もしかして……とは思ったけれど、本当に東條さんなんだ。今までまったく連絡がなかったから、半信半疑だったのだが。

一階に着き、大和の腕を掴（つか）んだままエレベーターから降りる。

どうしよう、緊張してきた……

その人は受付担当の総務のお姉さん方の熱い視線を無視し、長い脚を組んで待合室のソファーに座っていた。

本当に東條さんだ。思いがけない訪問に動揺するが、五日振りに見る姿に胸の奥が甘く疼（うず）く。

彼はすぐにこちらに気づいて、嬉しそうな笑みを浮かべて立ち上がった。その屈託のない笑顔にドキッとするが、そのときめきはあっという間に真逆の感情へとすり変わる。

「うわ、すげぇいい男。横に並びたくな……って、怖っ！」

この時のことを、大和は後にこう語った。『視線で殺されると思ったのは初めてだ』と。

一瞬で笑みを消した東條さんが、無言でこちらに近づいてくる。

こ、怖い。なにか、怒ってる？　なんで？

背中に真っ黒なオーラが見える彼に睨（にら）まれ、パニックになった私は思わず大和の腕にすがりついた。

「ちょ、お前離れろよ。ほら、あっち行け！」

「や、今はちょっと無理だって。大事な幼なじみを差し出す気⁉」

「ああ、熨斗つけてくれてやるわ」

そんなやり取りをしている間に、魔王になった東條さんがすぐ近くまで迫ってきた。

「碧さん、その男は誰ですか？　なぜ僕の目の前で、他の男といちゃついてるんです？」

こ、声がいつもより低くていらっしゃる。そして、近くで見たらすごい迫力だ。凍りつきそうなほどの冷たい視線にビビり、私は大和の陰に隠れようとした。

「俺は赤の他人ですから！　どうぞ、持って帰ってください」

「わっ！」

だが、薄情な幼なじみによって、私は東條さんの方に思いっきり突き飛ばされた。バランスを崩して倒れ込みそうになった私を、彼の腕が抱き止めてくれる。

一言文句を言ってやろうと振り返ったら、そこに大和の姿はなかった。上昇していくエレベーターを見つめていると、東條さんの両手に頬を包まれ顔を戻される。

ああ、本当に東條さんだ。間近に感じる彼の香りに、ドキドキと胸が高鳴る。

「お久しぶりですね、碧さん。すごく会いたかったですよ」

「お、お久しぶりです。でも、会いたかったって……」

本当に？　彼の言葉を信じられず顔を見上げると、困ったように彼の眉尻が下がった。

「すみません。実はあの後、急に海外出張が入ってしまって。連絡を取ろうにも、妹さんがあなたの連絡先を教えてくれなくてね。さすがに私用で会社からお父さんに連絡をとるのは憚られますし。それで連絡ができずにいました」

「海外出張……」

「ええ。海外の支社の仕事を多く抱えているので、出張が多いんです。こうやって会社に押しかけるのは非常識だとは思いましたが……茜さんから『碧ちゃんに元気がない』と連絡がありまして、居ても立ってもも居られず空港から駆けつけてしまいました」

間近からじっと顔を覗き込まれて、頬が熱くなる。確かに、なんの連絡もなくてモヤモヤしていたけれど、こうして面と向かって言われると居たたまれない。

「僕に会えなくて、寂しかったですか？」

「そ、それは……」

——寂しかった。そうなのかもしれない。

だけど、それを素直に口にするのは照れくさい。それに……

さっきから、受付のお姉さん方の視線が痛い。

「と、とりあえず、外に出ましょう」

赤くなっているであろう私の顔をニヤニヤ見つめていた彼の背中を押し、会社の外に出る。熱くなった頬を撫でる夜風にホッと息を吐くと、東條さんが私を振り返った。

「ところで、碧さん。家を出られているとお聞きしましたが、今どこにいるんです？」

険しい顔でそう聞かれて、ビクリとする。どうして、そんなことまで知っているのだろう。そんな疑問が顔に出たのか、彼がすぐに答えをくれた。

「茜さんは、よほど僕のことが気に入らないらしい。あなたがとある男性のところに身を寄せていると教えてきました。その方と碧さんは深い絆で結ばれているとも。それを聞いた僕がどんな気持ちになったか分かりますか？　その男性とは、さっきの彼ですね？」

これは、誤魔化しようがない。〝深い絆〟とやらも間違いではないのだが、彼が心配するようなものではないと、どう説明したら分かってもらえるだろう。すると、タイミングがいいのか悪いのか、大和が私の鞄を持って外に出てきた。

ギロリと東條さんに睨まれた大和が、身体を強張らせる。そんな彼に、ことのいきさつを説明した。大和は眼鏡のブリッジを押し上げながら、大きなため息をつく。

「あいつ……碧をとられるのが面白くなくてそんなことを……。なのに、碧が元気がないからって御曹司様を焚きつけるとか。なんて迷惑な……」

「結納の日も、彼の家にいたんですよね？　前回は聞きそびれてしまいましたが、あなたは碧さんとどういう関係なのですか？」

大和を睨む彼から冷気が漂ってくるように感じるのは気のせいだろうか。なんだか空気が冷たい気がして、身体がブルリと震える。

「ただの幼なじみですよ。なので、そんなに睨まないでください」

「幼なじみ？」

「そうです。実家が近所で、腐れ縁なんです。大和は兄妹みたいなもので……」

やましいことなどなにもないのに、なぜか必死に言い訳してしまう。だけど、東條さんは冷たい瞳で大和を見据えたまま、一切表情を変えない。

「では、あなたは碧さんを一度も女性としては見たことがないのですね？」

「それは……ある」

え、あるの⁉　初耳なんですけど。私の訝しげな視線に気づいたのか、大和は気まずそうに視線を逸らした。

「あのなー、俺だって男なんだから、薄着で目の前をウロウロされればムラッとするわ。そんな感じで、意識したことはあるけど、あなたのライバルになるつもりはありません。気が合うから碧といることが多いけど、俺にとっては碧も茜も同じくらい大事な幼なじみですから」

「……まあ、信じましょう。今後は、自重していただけると助かります。僕、なかなか嫉妬深いようなので」

「善処します。碧、白衣脱げ」

「え？　どうして？」

「いいから、脱げよ」

急かされて白衣を脱ぐ。それをひったくるように奪った大和が、代わりに鞄と上着を押しつけてきた。

「お前、もううちから出て行け」

「は⁉　なにそれ、なんでいきなりそんな……」

「だから、物件探しなんて無駄だって言ったんだよ。家事やってくれたのは助かったけど、本日付けで解雇するわ。じゃ、達者でな」

早口でそう言った大和が、すごい速さで会社の中に戻っていく。呆気にとられてその後ろ姿を見送っていると、東條さんに引き寄せられた。

「では行きましょうか。彼のところにある荷物は、後で取りに行くとしましょう」

「え、は……？」

彼に促されるまま、近くの駐車場に停めてあった車に乗せられる。すぐに運転席に乗り込んできた彼が、私の背中に手を回し顔を近づけてきた。

そのまま優しく唇が重なり、甘さの滲んだ瞳に見つめられる。愛おしげに頬を撫でられると、ドキドキと心臓が音を立て始めた。

「本当に会いたかった。今日のあなたは、いつもと違う香りがしますね」

「あ……香水の調香をしていたから香りが移ったのかも。ごめんなさい、香水嫌いなのに」

「いえ、碧さんの香りなら大丈夫なようです。お仕事は、化粧品の研究と開発でしたよね。前に言っていた夢は今の仕事に関することですか？」

「あ、はい。将来は自分でハーブ園を作って、オリジナルの化粧品を作りたいんです」

そんな些細(ささい)な会話を覚えていてくれたのかと感動しながら、素直に答える。

　そういえば、この人は出張から帰ってきたばかりだと言っていたけれど、会社に戻らなくていいのだろうか。

「東條さんこそ、お仕事は大丈夫なんですか？　お忙しいんでしょう？」

「ええ、まあ。でも、碧さんに早く会いたかったので、秘書を空港に置いてきてしまいました」

「え、それって大丈夫なんですか？」

「大丈夫ではないですね。さっきから、携帯が鳴りっぱなしです」

「まさか、仕事を放り投げてきたんですか？」

「放り投げてはいないです。……ただ、空港に着いた瞬間、あなたに会いたくて居ても立ってもいられなくなってしまったんです」

　照れくさそうに微笑まれて、キュンとしてしまう。秘書さんには申し訳ないけど、会いに来てくれたのがすごく嬉しい。

「なので、一度会社に戻ります。申し訳ありませんが、付き合ってください。すぐに終わらせますから」

「え、会社？　私が、行っても大丈夫なんですか？」

「大丈夫です。就業時間外ですし、いくつかの報告を受けるだけですから」

そう言われてノコノコ着いてきてしまったことを、私は今盛大に後悔していた。

終業後とはいえ、まだ早い時間だからか会社のエントランスにはそれなりに人がいる。

彼と並んで会社に入った途端、そうした人達の視線が一気に集まってくるのが分かった。

ジロジロと遠慮のない視線に晒されて、とても居心地が悪い。

すみませんねぇ、私レベルの女がこの人の隣にいて。

様々な感情の浮かんだ視線の中に、侮蔑と嘲笑の色があるのを感じとり、つい卑屈な気持ちになる。

ああ、車の中で待っていればよかった。だが、ここまで来てしまっては引き返すこともできない。

「やっと帰ってきた！　怜、お前……人を空港に置き去りにするなんて横暴すぎるだろ」

エレベーターで最上階に上がり、彼が与えられている役員室に入ると、いきなりそんな叫び声が室内に響いた。声の主は、眼鏡をかけた男の人で、東條さんを険しい顔で睨みつけている。

「ちゃんと車の手配をしておいたでしょう。それに、空港から直帰すると言ったのに、あなたがそれを許してくれないから強硬手段に出たんです。こうして戻って来たのだからいいでしょう？」

「そういう問題じゃ……」

そこでようやく、その人は東條さんの後ろにいる私に気がついたらしい。一瞬目を見開いた後、値踏みするような視線を頭のてっぺんから足の先まで向けてくる。

「へえ、あんたが怜の夢中になっている相手か。どんないい女かと思えば、随分質素な……」

誰が質素だ。カチンときている私に気づいているのかいないのか、その男はエントランスにいた人と同じ、侮蔑(ぶべつ)と嘲笑(ちょうしょう)が入りまじった瞳を向けてくる。

「まったく、気を引きたいんだかなんだか知らないけど、迷惑なんだよ。なにを勘違いしてるか知らないけど、あんたレベルで怜みたいなハイレベルな男に言い寄られることなんて、二度とないからな。もったいぶってないで、さっさとくっつい……ひっ！」

はい、キレました。その人が最後まで言う前に、私は彼を壁まで追い詰めて顔の横の壁をグーで殴る。もちろん壁ドンなんて素敵なものではない。壊れない程度に加減したが、なかなかいい音がした。

壁に張りついたまま青ざめている男に、私はニッコリと微笑んだ。私が東條さんに見合っていないのなんて、言われるまでもなく分かっている。だからって、初対面の相手に、面と向かってここまでコケにされるいわれはない。

「大変、失礼ですが……初対面の相手から〝あんた〟呼ばわりされる覚えはありません。申し遅れましたが、私、長谷川碧と申します。確かに私は、東條さんより劣っている面が多々あるかと思いますが、それがなんでしょう。私には、選ぶ権利がないとでも？あと、あなたにどんな迷惑をおかけしたかは存じませんけど、それは東條さんとあなたの問題で、私には一切関係ないのでは？」

私の反撃が予想外だったのか、壁ドンならぬ壁パンチにびびったのか、男は唖然としたまま私の顔を見つめている。

言ってやったと内心で満足していると、いきなり腰を抱かれて男から引き離された。

「少し近づきすぎですよ。それに、今のは拓矢が悪い。碧さんを侮辱するようなことを言わないでください」

私の腰に腕を回した東條さんが、拓矢と呼ばれた彼を冷たく見下ろす。

「も、もとはと言えば怜が……いや、そうだな。完全な八つ当たりだった。悪かったな、長谷川さん」

「いえ……。分かっていただけたのなら、結構です」

「紹介が遅れましたね。碧さん、彼は僕の秘書で美馬拓矢です。すぐに終わらせますから、碧さんはそこのソファーに座って待っていてください。拓矢、報告」

「はいはい。では、早速。まず、スポーツの祭典に関した都市開発事業の件から。無事にコンペを通過した。設計部から、新しい設計図と資料が届いているから、確認しておいてくれ。それから、ニューヨーク支社から……」

一気に仕事モードに入った二人を、ソファーに座って眺める。

ふーん。会社だと、東條さんってああいう顔をするんだ。書類を見ながら、真剣な顔で美馬さんに指示を出している姿にドキドキする。

どうしよう、東條さんがめちゃくちゃキラキラして見える。もう顔が熱くてしょうがないよ。今、絶対自分の顔は赤くなっているに違いない。

彼の顔を見ていられず、思わず両手で顔を覆う。

今までは、茜の振りをして会っていたし、最初の刷り込みで、無意識に変態というフィルターがかかっていたけど、改めて彼のかっこよさを認識してしまい照れくさくなる。

あんなイケメンが、私を好きだなんて嘘みたいだ……

仕事をしている男性は普段よりかっこよく見えると言うし、キラキラして見えるのもそのせいかもしれないが……。もう二十代も後半だというのに、恋を知りたての十代みたいな自分の反応に笑えてくる。

東條さんと付き合うのは色々と覚悟がいりそうだが、それでも好きになってしまったのだから仕方がない。

「おい、コーヒーでも飲むか？」

その声にハッと顔を上げると、いつの間にか美馬さんが隣に立っていた。

「あ、お構いなく」

「そうか？　まあ、三十分もかからないで終わると思うけど。……にしても、どうやってあの女嫌いを落としたわけ？」

「落とそうとしたわけじゃなくて、勝手に落ちてきたんですよ」

「なるほど、哲学的だな。恋はするものではなく落ちるものか。でも、なんで怜が長谷川さんを気に入ったのか分かった気がする」

どこかズレた回答をする美馬さんを見上げると、彼はニヤリと笑って顔を近づけてきた。

「なんとなくだけど、怜と似てる。昔、あいつと喧嘩した時も、さっきの君と同じことされた。正論で淡々と人を追い詰めるところも一緒」

「東條さんと美馬さんて、長い付き合いなんですか？」

「ああ、幼稚園からずっと一緒。いわゆる、幼なじみってやつだな。そんな俺でも、あいつが一人の女にここまでハマッたのを見るのは初めてだ。あいつ、今回の出張先でも、ずっと君のことを気にしてたぜ。碧さん、碧さんて、うるさいくらいだった」

ああ、彼も気にしてくれていたんだ。気にしていたのが自分だけじゃないことが分かって、嬉しさについつい頬が緩んでしまう。

「……ふーん、さっきは質素なんて言ったけど、飾り気がないだけで長谷川さん、結構かわいいな。特に目がいい。なんか吸い込まれそう」

いきなりそんなことを言われて、じっと私を見つめてくる美馬さんに戸惑う。

ていうか、顔が近いよ。急になんなんだ。

どんどん迫ってくる美馬さんから逃げていると、急に彼の姿が視界から消えた。代わりに東條さんの広い背中が私の視界を塞いでいる。

「まったく、油断も隙もあったもんじゃない。人の婚約者を口説こうとするなんて、いい度胸ですね。碧さんに手を出したら、いくら拓矢でも許しませんよ」

「なんだよ、ちょっと話したくらいで。心の狭いヤツだな」

「ちょっと話すのに、あんなに顔を近づける必要がありますか？　もう行きましょう、碧さん。仕事は終わりました。後の処理は頼みましたよ」

「え、もう⁉　まだ十五分しか経ってないのに……恐るべし、恋愛効果」

東條さんに促されて、美馬さんに挨拶しつつ部屋を出る。そのまま、直通エレベーターで地下駐車場まで下りて、東條さんの車に乗り込んだ。

「今から、碧さんのご実家に行きます」

「え⁉」

予想外の言葉に驚いて目を見開く。そんな私を無視して、彼は車を走らせた。

なぜ、実家に？　確かに、大和の家は追い出されてしまったが、今更実家に戻るつもりはないのだけれど。

「な、なにしに行くんですか？」

「結婚の挨拶……と言いたいところですが、とりあえず同棲の許可をもらいに。今日から、僕と一緒に暮らしましょう」

「は⁉　ど、同棲⁉」

彼は、私を驚かせる天才かもしれない。思いも寄らない展開に上手く頭が回らない。

戸惑う私に、彼は小さなため息をついた。

「当然でしょう。まさか、まだあの彼と一緒に暮らすつもりですか？　そんなことは、絶対に許しませんよ」

「いや、だから大和とは兄妹みたいなものなので……」

「血の繋がりはないでしょう？　碧さんがなんと言おうと、僕のところに連れて帰ります。心配しなくても、あなたの同意がないうちはなにもしませんよ。僕は、紳士ですからね」

紳士……？

確かに普段の彼は紳士的だが、私、同意なくかなり際どいことをされているのですが？　紳士がそんなことしますかね。

でも、それを指摘するのは藪蛇（やぶへび）になりそうだからやめておこう。

そんなことを考えているうちに、約一週間ぶりの実家に到着してしまった。渋々車から降りて、生まれ育った我が家を見上げる。

「すでにお父さんには連絡してあります。では、行きましょう」

彼にそう言われても、私はその場から動けなかった。慣れ親しんだその場所に足を踏み入れるのが、怖かったのだ。母の中では、きっと私が東條さんを茜から奪ったことになっているだろうから。

母は私がなにを言っても聞く耳など持ってくれない。

また拒絶されて、傷つくことが怖かった。

母と対峙する勇気が持てなくて、どうしても足が前に動いてくれない。そんな私の気持ちを察したのか、彼が私の手をそっと握ってくる。

「大丈夫ですよ。あなたを傷つける者は、誰であろうと許さない。僕が、あなたを守ります」

強い意思を感じさせる瞳から、目が離せなくなった。東條さんの気持ちが嬉しくて、胸がポカポカと温かくなる。彼が言うと、本当に大丈夫だという気がしてくるから不思議だ。

だけど、彼に甘えてしまっていいのだろうか。家族の……私と母の問題に、彼を巻き込むのは申し訳ない気がする。

「行きましょう。碧さんは、なにも心配しなくていいですから」

安心させるように微笑んで、彼がインターホンを押す。しばらくして、玄関から顔を出したのは茜だった。

「碧ちゃん、おかえり」

「……ただいま。お父さん達、いるの？」

「いるよ。碧ちゃんのこと、待ってる」

そう言った茜が、私の隣にいる東條さんをジロリと睨んだ。彼は気にする様子もなく、ニッコリと茜に向かって笑いかけている。

「はあ……顔はかっこいいけど。やだなー、こんな性格に難のある人が将来の義兄だなんて。碧ちゃん、意外と男の趣味が悪い」

「その言葉、そっくりそのままお返ししますよ」

「ふん。碧ちゃんのこと、泣かせたら許さないんだから」

ぷいっと顔を背けた茜を見て、思わず笑ってしまう。子供っぽいところは変わらないが、なにかが吹っ切れたように感じる。

茜に続いてリビングに入ると、険しい顔の母がいた。その顔を見ると、やっぱり身体が竦む。気まずい空気が流れる中、父が立ち上がって東條さんにペコペコと頭を下げた。

「こ、こんばんは。せ、狭い家ですが、どうぞこちらへ」

暑いわけでもないのに、びっしょりと顔中に汗をかいている父に促され、ダイニングテーブルを挟んで両親と向かい合う。重苦しい空気の中、口火を切ったのは東條さんだった。

「突然お邪魔してしまって申し訳ありません。早速ですが、碧さんと結婚を前提としたお付き合いをさせていただいています」

「え、あの……お付き合いは……ま、いっ！」

まだそこまでの話にはなっていないはずだと言おうとした私の手を、彼がぎゅうっと握った。痛みに顔をしかめる私を、目の前に座った母がギロリと睨みつけてくる。

「碧……。あんた、恥ずかしくないの？　妹のお見合い相手を横取りするなんて」

「……してないけど」

「嘘よ、東條さんの魅力に目が眩んだのね。碧は、昔からそう。図々しくて、茜のものをなんでもとって……。本当にかわいげのない子」

母の言葉に、心が冷えていく。幼い頃から、何度も言われ続けたこの言葉。いったい、いつ私が茜のものをとったというのか。

この人にとって、私は娘ではないのかもしれない。そんなことを今更ながらに感じた。

「それに、碧には大和くんがいるでしょう。東條さんに乗り換えて、大和くんのことを捨てる気なの⁉」

思いもかけない母の言葉に、驚きで目を見開く。

ちょっと、待て。捨てるもなにも、大和とそんな関係だったことは一度もない。

しょっちゅう一緒にいたのは事実だけれど、それは単純に気が合うからだ。まさかそんな誤解をされていたとは思わなかった。

「好きな人のことを悪く言われるのはあまりいい気分ではありませんね。その彼とは僕もお会いしましたが、碧さんとはそういう関係ではないと仰っていましたよ。大体、僕の〝魅力〟とやらに目が眩んでいるのは、お母様の方では？ 碧さんには、いくら顔がよくてお金があっても中身がない人間はつまらないと言われましたから。ね、碧さん。僕のどこが好きなのか、はっきり言ってあげてください」

「……は？」

ニッコリと東條さんに微笑まれて、顔がひきつる。なんだ、これは。なんの罰ゲーム？

まだ本人にもハッキリ伝えていないのに、なぜ家族の前で告白しなければならないのか。

「……言えないんですか？　やっぱり、碧さんも、僕を顔と財力だけの男だと？」

悲しそうな顔をした彼に上目遣いで見つめられて、言葉に詰まる。ここで逃げたら、母と同類ということですか。それは、絶対に嫌だ。

一度顔を伏せて、深呼吸をした。そうして覚悟を決めてから、東條さんの顔を見つめる。

「私は、東條さんが自分の持っているものに胡座をかかないで、努力しているところを尊敬してる。基本的に考え方が似ているし、この人となら効率よく生きていけるかなって。あと、仕事をしているところをかっこいいと思ったし、意外と純情なところとか、かわいいし……」

羞恥に耐えながら素直な気持ちを口にすると、彼は嬉しそうに微笑んだ。そんな顔をしてもらえるなら、素直に自分の気持ちを伝えてよかったかなと思う。

「僕も同じ気持ちです。これからの人生を彼女と歩んでいきたいと思っています。それに、最初のお見合いに碧さんが来た時点で、僕のお相手は彼女です。僕と茜さんは壊滅的に気が合いませんので」

「それは、同感。こんなお腹の中が真っ黒な人、絶対に嫌だから。私のことなら気にしなくていいよ。いい加減、姉離れしなきゃだし……」

あっけらかんとした茜の言葉に、母が顔色を変えた。

「そんな、私は碧が大和くんと結婚すると思ったから……茜にはそれ以上の人を見つけないと可哀想だと思っていたのに。碧が東條さんとだなんて……。どうしていつも、茜ばかりが損をするの？　碧は、いつもいつも茜の上に立とうとして！」

そんなふうに思ったことは一度もないが、母にはそう見えるのか。

憎々しげに私を睨んでいる母を見つめ悲しい気持ちになる。やっぱり私は、この人にとっていらない子なんだ。

母の視線に耐えられず、顔を伏せた私の手に、大きな手が重なった。ハッと顔を上げると、彼が優しく微笑んで私を見つめている。

「碧さんは、他人を思いやれる、優しい人です。あなたは母親なのに、彼女のことをなにも分かっていないのですね」

「だって、碧は……」

「今回のことだって、むしろ彼女は妹さんのわがままの被害者でしょう。こういうことは、初めてではないのでは？　今まで黙ってあなた方の言うことを聞いてきた碧さんに、よくそんなことが言えますね？」

冷たい瞳で母を糾弾した東條さんが、別人のような甘い瞳で私を見つめる。

「今まで、一人でよく耐えてきましたね。これからは、あなたには僕がいますよ」

そう言って、私の手を握ってくれる彼に泣きそうになる。

この人は、最初からそうだった。ずっと私自身を見てくれた。その上で、私を選んでくれたんだ。

ずっと、心のどこかで自分の居場所がないと感じていたけど、ようやくそれを見つけられた気がする。

「あ、あなたに、うちのなにが分かるの。最初からすべてを持っていて、なんの苦労もしていないあなたに、なにが……」

「なにも分かっていないのは、お母さんの方じゃない！　最初から全部決めつけて、私の話なんて聞いてもくれない。茜の身体が弱かったことだって、私はなにも悪くない！」

私が母に自分の気持ちをぶつけたのは、これが初めてだ。よほど意外だったのか、母は目を丸くして固まっている。

「今まで、私なりに家族のことは大切にしてきたよ。だから、どんなに理不尽だと思ってもお母さんの言うことを聞いてきた。少しでいいから、私のことを見てほしかったから。――でも、もういい。今まで、お世話になりました。今日から、東條さんと暮らします。行きましょう、東條さん」

両親に頭を下げて、勢いに任せて家を出る。結局、あの家に私の居場所はなかった。

だから、後悔なんてしない。

「碧さん、本当にあれでよかったんですか？　僕も、少々言い過ぎてしまいましたが」

「もういいんです。分かってもらえるとも思っていませんでしたし。気持ちをぶつけて、スッキリしました。それに、東條さんが言ってくれたこと、嬉しかったです。ありがとうございます」

今まで言えなかったことを吐き出せたせいか、なんだか心が軽くなった。心配そうな彼に微笑むと、彼は困ったように眉尻を下げて私を背中から抱きしめてくる。

「……あなたは、本当に逞しい人ですね。でも、これからは僕のことも頼ってください」

彼のぬくもりを感じた途端、面白いくらいに心臓が早鐘を打ち始める。どうしよう、勢いで彼と暮らすなんて宣言しちゃったけど、ドキドキしすぎて死んでしまうかもしれない。

「碧さん？」

固まったまま動かなくなった私を疑問に思ったのか、彼が後ろから顔を覗き込んでくる。

「……どうして、そんなにかわいい顔をしてるのですか？」

あまりの居たたまれなさに、彼から顔を隠すように両手で覆った。

「か、かわいくないですし！　それより、さっきは東條さんと暮らすなんて言っちゃったんですけど、やっぱり……」

「ナシ、なんてダメですよ。それに、こんなお得な物件ないと思いますが。話も合うし、仕事への理解もある。夢の実現に関しても力になれると思いますよ。碧さん以外の女性は受け付けませんから、浮気の心配もない。どうですか？　僕はナシ？　碧さんさえ、その気なら今すぐ戻って結婚すると宣言してきますよ」

正面から抱き直されて、顔を覆った手を外される。私は真っ赤になっている顔を自覚しつつ、彼に懇願した。

「あの、ちょっと、待ってもらえませんか？　その……結婚したい気持ちはちゃんとあるんですけど……もう少し東條さんに慣れないとダメかも」

「僕に？　……ああ、恥ずかしいんですか。本当にかわいい人ですね」

蕩けそうな甘い笑みを浮かべた彼から、そっと視線を逸らす。いや、本当に無理、冗談抜きに死ぬ。早く慣れないと、ときめきすぎて心臓が壊れてしまいそうだ。

「じゃあ、碧。俺のものになってくれるよね？」

い、今、俺って言った？　いつもの敬語じゃないし、雰囲気が変わったような気がする。こういう彼を、以前にも見たことがある。それは、あの結納の日――

「あ、あの、は、話し方が……」

「こういう俺の方が、好きでしょう？　あの日も、俺の指をあんなに締め付けて……」

「わあ、こんなところで、なんてこと言うんですか！」

とんでもないことを口にする彼に慌てる私を見て、彼はクスリと笑った。

「俺は悪い男だからね。利用できるものは、なんでも利用させてもらうよ。碧のことが、欲しくて堪らないから、早く俺に慣れるよう全力で口説かせてもらう」

色気をたっぷりと含んだ瞳に間近で見つめられて、経験値の足りない私はどうしていいか分からず視線を揺らす。こんなふうに豹変するなんて、卑怯だ。

なぜだか敬語が抜けると、男らしさが増すように感じて更にドキドキしてしまう。この人は、私のことを殺す気なのだろうか。

「真っ赤になって、本当にかわいい。ね、俺の恋人になるね？」

「うう……いや、でも……もう少し……」

「じゃあ、今すぐ嫁だね」

「こ、恋人でお願いします！」

そう叫んだ私に、彼は不満そうな顔をしながらも頷いてくれた。今すぐ結婚だなんて、そんなの無理だ。まだ彼のお父さんにも謝罪していないし、うちの家族のこともある。

彼との未来は想像できたが、いざそれが現実味を帯びてくると戸惑いを感じてしまうダメな私なのだった。

外堀を埋められた

「重曹（じゅうそう）を……百グラム、クエン酸五十グラム、塩も五十グラムと……」

東條さんとの新しい生活がようやく落ち着いてきた今日この頃。私は自分に与えられた部屋で、バスボムを作っていた。

彼と実家に行った日から、すでに一ヶ月近くが経過している。十二月に入り、世間はクリスマスモード一色だ。

怒涛（どとう）のように過ぎていったこの一ヶ月を振り返り、ついため息が漏（も）れる。

結婚を前提とした恋人同士になり、一緒に暮らすことになった私達。だが、同棲を提案してきた東條さんが、実は帰国してからずっとホテル暮らしだったことが判明した。

私達がお見合いをしたあのホテルのスイートルームで、彼は八ヶ月も暮らしていたというのだ。

『会社から近いし、引っ越しの手配をするのが面倒で』と、彼はなんでもないことのように言っていたが、いったいいくらかかっていたのか。

結局のところ、二人で住む場所を探すところから始まったのだが、その物件選びがかなり難航した。

まず最初に、彼の持っているマンションで暮らすという案が出たが、お互いの会社への通勤がかなり不便な場所だったために断念した。

再びインターネットで物件情報を漁る私に、彼が『なら、新しくマンションを建てようか』と、なんでもないことのように言った時は、さすがに度肝を抜かれた。

どこの世界に、彼女と同棲するためにマンションをぶっ建てる彼氏がいるのか。

これから一緒に暮らしていく以上、このあまりにかけ離れた金銭感覚を擦り合わせていかなければと思ったのだが……やはり、そう簡単にはいかなかった。

一緒に暮らすなら、生活費を折半したいという希望を持つ私が見つけた物件は、彼にことごとく却下された。逆に、彼が提案してきた物件は家賃が高すぎて私が却下した。

お互いに仕事をしている身。深夜にホテルのスイートルームで二人っきりというシチュエーションにもかかわらず、ロマンチックさの欠片もなくああでもない、こうでもないと論議を重ねる。

決着がついたのは、物件を探し始めて十日後のことだった。

その日、彼が私に提示したのは駅近の高層マンションの二十階の部屋。対して私は、駅からは多少離れているが、五階建ての三階の部屋だ。

『駅から徒歩二十分……遠すぎますね。碧さん、僕は心配なんですよ。仕事が好きなのは分かっていますし尊重もしますが、いつも帰りが遅いでしょう？　常に迎えに行ければいいですが、そういうわけにもいかない。なにかあったらどうするんです？』

『だから、防犯ブザーと催涙スプレーを持ち歩いていますし、明るい道を通るようにしてるから大丈夫ですって』

この十日間、何度同じやりとりをしたのか。一向に進まない話にうんざりしてきたのだろう、彼が大きなため息をついた。

『碧さん、よく聞いてください。僕の見つけてきたマンションは、あまり虫が出ませんよ』

『え？』

『こっちのマンションは、屋外に廊下が面しているでしょう？　こうした場合、共用廊下の蛍光灯に虫が集まってきます。対して、僕の見つけてきたマンションは内廊下。こちらの方が、格段に虫の出現率は低いです。近隣に虫の発生しやすい環境もないですし、対策をすれば部屋への侵入もほぼ防げると思います』

『……虫』

『ええ、碧さんの大嫌いな虫』

『……ここにします』

あの時の東條さんの勝ち誇った顔は一生忘れない。プロポーズに続き、虫はこの先私の鬼門になりそうだ。

こうしてやっと住む場所が決まったわけだが、その他諸々の家具やなんかの準備でも揉めに揉め、ついに私は全部東條さんに丸投げした。

薄々気づいてはいたが、どうやら彼は言い出したら聞かないタイプらしいのだ。しかも、言っていることが決して間違っていない上、私のことを考えてくれているのが分かるから論破もできない。

なんだかんだで、彼の気持ちが嬉しかったこともあり、甘えられるところは甘えることにした。

そして、新しいマンションで暮らし始めたのが一週間前。だが、引っ越した翌日に東條さんは海外出張に旅立ってしまった。

東條さんは海外事業に関わる仕事が多いらしく、出張も多い。そんなわけでこの一週間、初めての一人暮らしを満喫していたのだが、彼は今日帰ってくる予定だ。

私は疲れているだろう彼を少しでも癒すべく、現在手作りのバスボムを製作中だった。手作りならそこまで香りも強くならないようにできるし、彼でも大丈夫なはずだ。

量った材料にアロマオイルを垂らし、少量ずつ水を混ぜて型に嵌める。

あとは、半日ほど乾燥させれば完成だ。

コスメを作るのは、料理に似ていると私は思う。現に海外では、手作りの化粧品を

〝キッチンコスメ〟と呼ぶくらいだ。製作の工程は様々だけど、基本は基材を量ったり、混ぜたり、熱を通したり。固めることもあれば、トロミをつけることもある。

ちなみに、私は料理も好きだし得意である。

使った器具をまとめて洗面所に持って行くと、鏡に映った自分の姿が目に入った。首筋にいまだ残る赤い痕を見て、カアッと身体が熱くなる。

自分の首筋に真っ赤なキスマークが残っていることに気がついたのは、彼が旅立った翌日のこと。

きっと、確信犯だろう。ほくそ笑む彼の顔が浮かび、やられたと唇を噛みしめる。

一週間も経つのに消えないとか、どんだけ強くつけたんだ。

これをつけたのは、もちろん東條さん。あれは、彼が出張に旅立つ前日のこと。

『ああ、出張なんて行きたくない。せっかく新居に引っ越したのに……』

『仕方ないですね、お仕事だから。私、一足先に新生活を始めちゃいますね』

実家を離れたのが初めての私は、新生活に若干気分が高揚していた。私のそんな様子が気に入らなかったのだろう、彼が不満そうな顔を見せた。

『随分、嬉しそうですね。僕がいなくても、碧さんは寂しくないんですか？』

『え？　あ、ごめんなさい。私、実家を離れるのが初めてだから。少しはしゃいでいるかもしれません』

『……つまり、俺がいなくても全然寂しくないと。へえ、そう。俺は碧から離れたくなくて堪らないというのに、ひどいな』

『あ、ごめんな……きゃあ！』

口調が変わった彼に不穏な気配を察して、咄嗟に逃げようとした身体を、東條さんが抱き上げた。悲鳴を上げる私を無視して寝室のベッドに押し倒す。

『と、東條さ……』

『怜と呼べと言ったはずだよ？　少し離れるから、碧が誰のものなのかよくよく教え込んでおかないと……身体にね』

その言葉通り、私は彼から濃厚な愛撫を施された。たくさんキスをされて、泣くほど感じさせられて、恥ずかしいこともたくさん言わされた。

このまま、最後までされるのかと思ったのだが、彼は私の身体を高めただけでそれ以上のことはしてこなかった。むしろ、自分からおねだりしてしまいそうで危うかった。

その時のことを思い出してしまい、鏡の前でブンブンと首を横に振る。

彼の思惑通り、私はこの一週間、鏡でキスマークを見るたびに彼のことを思い出していた。

東條さんの手のひらの上で転がされているようで悔しいが、そんな彼の独占欲が嬉しいだなんて、私もどうかしている。……短い期間に相当毒されたらしい。

だけど、彼への気持ちが日々育っていくのを自覚するたびに、結婚に対する迷いも大きくなる。

『愛と夢、どちらもなんて無理よ。世の中はそんなに甘くない。夢を叶えるには、なにかを犠牲にしなくてはいけないの』

そう言ったのは、私に今の夢を与えてくれた人――大和のお母さんである社長だ。

以前私は、付き合っていた彼と夢を天秤にかけて、夢を選んだことがあった。

大学の時に付き合っていた彼が仕事でアメリカに行くことになり、ついてきてほしいと言われ、私はそれに頷けなかった。

あの時の私は彼より夢を選んだけれど、今の私はどうだろう……？

そこでふと、先週、社長と交わした会話が脳裏をよぎる。

『お疲れ様。今回はよく頑張ってくれたわね。あなたの調香した香水の評判も上々。次の企画も期待しているわ』

『ありがとうございます』

ニコニコしている社長に、ペコリと頭を下げる。

『……碧ちゃんには、ゆくゆくは大和の支えになってほしいと思っているの。これからも、よろしく頼むわね』

笑顔でそう言った社長に、なにか含みを感じたのは気のせいだろうか。もしかして、母と同じように社長も私と大和の仲を誤解している？

いや、きっと考えすぎだ。私は社長に向かってニコリと微笑んだ。

『もちろんです、大和は大切な幼なじみですから。仕事の面では、できる限り支えていきたいと思っています』

考えすぎと思いつつ、つい〝幼なじみ〟と〝仕事〟を強調してしまった。一瞬、真顔になった社長の、やり手の女社長らしい鋭い視線に、思わず身が竦む。

『ええ。……末永く、よろしくね』

そう言って、社長は私の肩を叩いて去って行った。

あの言葉はどういう意味だったのか。

ずっと私の夢を応援してきてくれた社長を心から慕っている。けれど、もし社長が母と同じように私と大和との結婚を望んでいたらどうしよう。

私が東條さんと結婚したら、今のまま会社にはいられなくなるのかな？

私はまた、彼か夢のどちらかを選ばなければいけないのだろうか？

その時、玄関の方から物音がして、ハッと顔を上げる。

もしかして、帰ってきた？

バスルームから顔を出すと、やはり東條さんが帰ってきたところだった。私に気づいた彼が、嬉しそうに微笑む。その顔を見て息を呑んだ。

ちょっと、あの笑顔は反則じゃない？

心臓が恐ろしい勢いで早鐘を打ち始める。東條さんは、トランクを玄関に置いたままこちらにやって来ると、子供を抱っこするように私を抱き上げた。

「ただいま、碧さん。会いたかったですよ」

「お、おかえりなさい。あ、あの……」

制止する間もなくリビングのソファーに運ばれて、彼の膝の上に横向きに座らされる。

帰ってきて一分足らずでお膝に抱っこって……恥ずかしすぎるんですけど！

「と、東條さん。下ろして……」

「怜です。碧さんも近いうちに東條になるんだから、名前で呼ぶことに慣れないといけませんね」

「ち、近いうちにって……」

「そんなに長く待つつもりはありませんから。結婚への準備は徐々に進めていきますよ」

「それと、この体勢は……」

「ふふ、顔が真っ赤でかわいい。一週間会えなかった分、碧さんを充電させてください」

チュッと唇にキスをされて、更に頬が熱くなる。こうして彼と触れ合うのはやっぱり恥ずかしくて、まともに彼の顔を見られなくなってしまう。

二十七歳のいい大人だというのに、この付き合い始めの中学生みたいな気恥ずかしさはなんなのだろう。

「ダメですよ、碧さん。僕から目を逸らさないで。ほら、かわいい顔をよく見せてください」

「うぅ、分かっててやってますね」

「もちろん。こんな初々しい表情は今しか見られないでしょうから。たくさん楽しんでおかないと」

「……悪趣味」

「心外ですね。こんなにあなたを愛しているのに」

彼の綺麗な顔が近づいてくるのを見て、自然と目を閉じる。小さなリップ音とともに唇が触れ合い、何度も繰り返された。静かな部屋に、私達がキスをする音だけが響く。

「んっ……ん、ぅ」

「かわいい声。碧、口を開けて」

彼の口調が変わったことに気がついて、微かに目を開ける。間近で私を見つめる彼の瞳は、欲望を宿しギラついていた。その目に魅入られた私は、言われた通りに口を開く。

「いい子。そのまま、舌を出して」

「……んんっ、ふ……んっ」

ためらいがちに出した舌に、彼の舌が絡む。ヌルヌルと擦り合うそれに、ゾクゾクした。なんとも言えない感覚が足元からせり上がってきて、背筋がブルリと震える。

彼のワイシャツの胸元をぎゅっと掴むと、更にキスが深くなった。歯列を舌でなぞられ、舌の付け根を舌先で刺激される。

どうしようもなく気持ち良くて、自らも夢中で舌を絡める。どちらのものとも分からない唾液が口の端から溢れ、それを彼の舌が舐めとった。

「んぅ……あ、はっ、あ」

「キス、気持ち良かった？」

「んっ……気持ちいい……」

彼にしがみつきながら広い胸に顔を埋める。乱れた息を整える私の背中を優しく撫でていた彼が、スーツの内ポケットから縦長の小さな箱をとり出した。

「これ、おみやげ」

「え？　私に？　貰っていいの？」

「もちろん。開けてみて」

彼に促されて、箱を開ける。中から出てきたのは、青緑色の繊細な細工の瓶に入った香水だった。

現在、主流になっているスプレー式のものではなくて、フラコンと呼ばれる栓（せん）がついているタイプの容器だ。

「香水をオーダーメイドで作ってくれるお店があったから、そこで選んできた。気に入ってもらえるといいんだけど」

「香水が苦手なのに……ありがとうございます」

早速、香りを確かめようと蓋（ふた）に手をかけると、瓶にキラキラと輝くものが付いていることに気がついた。ハッとして顔を上げると、彼はニコリと微笑みそれを手に取った。

「本当は、こっちがメイン。碧、左手を出して」

う、嘘。これって……もしかしなくても、あれだよね。

恐る恐る左手を出すと、彼が左手の薬指にそっとそれを嵌（は）めた。

「よかった、サイズもピッタリだ。実は来週、東條グループの関連会社が集まるパーティーがある。そこに、これをつけて同行してほしい。俺の婚約者として」

「こ、婚約者⁉　でも……まだお父様に、きちんと謝罪もしていないのに」

そうなのだ。結納のごたごたの後、引っ越しやら彼の出張やらで、いまだ挨拶（あいさつ）に行けずにいる。

「パーティーで紹介するよ。あの人も碧に会いたがってる。というか、今回のことは父のせいなんだ。浮かれたあの人が、俺が結婚するって言いふらしたおかげで、公（おおやけ）に碧を紹介せざるを得なくなった」

「そ、そうなんですか？」

「まあ、ちょうどいい機会だし、外堀を埋めてしまおうと俺も便乗したけど。前にも言った通り、俺はそんなに長く待つつもりはないから。パーティー、一緒に来てくれるね？」

「は、はい」

東條グループのパーティーだなんて、どれだけ人が集まるのだろう。そんな場に私が行っても大丈夫なのかと不安になってしまう。

そんな私の不安を察したのか、彼が優しく抱きしめてくる。

「大丈夫だよ、俺が付いているから。碧は、なにも心配しなくていい。それより、指輪は気に入ってくれた？」

「気に入るもなにも、こんな素敵なものを私が貰ってしまっていいのか……」

「碧のために選んだんだよ。よく似合っている」

改めて、キラキラと輝く指輪を見つめる。大きなダイヤを囲むように小さなダイヤが敷き詰められたパヴェスタイルの指輪で、とても素敵だ。

彼が私のために選んでくれたと思うと、すごく特別なものに思える。

「……ありがとうございます。大切にします」

彼を見上げて微笑むと、目を細めた彼の顔が近づいてくる。私は温かい気持ちに包まれて、そっと目を閉じ彼の唇を受け止めた。


そして、迎えたパーティー当日の土曜日。

私は彼とお見合いしたホテルにお昼から来ていた。たっぷり二時間のエステを受けた後、彼の選んだやたらと背中の開いた鮮やかなブルーのホルターネックドレスを着せられ、プロの手によってヘアメイクを施された。

さすが、プロ。普段のメイクと比べて仕上がりに雲泥の差がある。

メイク中は特にすることもなかったので、ここぞとばかりに色々と質問してしまった。ついでに自社製品の宣伝もしておいたし、なかなか有意義な時間を過ごすことができた。

仕上げに、彼からもらった香水を少しだけつける。ローズ系をメインに作られた香りは、とても私好みのものだった。準備を終えてメイクルームを出ると、支度を調えた彼が待っていた。

さすがイケメンはなにを着てもかっこいい。

光沢のある黒のパーティー用スーツに身を包んだ彼が、私に気づいて目を細める。

「……とてもよく似合っていますね。香水も……いいですね」

首筋に顔を近づけた彼が、大きく息を吸い込む。同時に剥き出しの背中を撫でられて、思わずビクリと身体を震わせた。

「本当に綺麗です。……ああ、早く……」

「え？」

東條さんがなにかを呟(つぶや)いたが、なんと言ったのか分からなくて首を傾(かし)げる。

「なんでもありません。さあ、行きましょうか」

そう言われて、一気に緊張感が高まる。微笑んだ彼が差し出した腕に手を添えて、会場であるバンケットホールに足を踏み入れた。

会場の中は、すでにたくさんの人で溢(あふ)れ返っていた。今日は、東條グループホールディングスの関連会社の設立五十周年記念のパーティーなのだそうだ。

会場内には白を基調とした花が飾られ、シャンデリアの光が降り注(そそ)ぐフロアは、煌(きら)びやかな衣装をまとった女性達で華やいでいる。

その光景に圧倒されていると、初老の男性が私達の方に近づいてきた。

「怜くん、久しぶりだね」

「横川(よこかわ)社長、ご無沙汰しております。こちらから挨拶(あいさつ)に伺(うかが)うべきところを、申し訳ありません。本日はおめでとうございます」

どうやらこの男性が、今日のパーティーを主催する会社の社長らしい。にこやかな笑みを浮かべた男性が、彼の隣にいる私に視線を移した。

「お父さんから結婚すると聞いたよ。その方が、お相手かな?」

「ええ、そうです」

「初めまして、長谷川碧と申します」

彼に促(うなが)されて頭を下げると、社長さんが私に右手を差し出した。

「横川です。お会いできて嬉しいよ。怜くんが結婚だなんて、感慨深いね。非常に優秀なお嬢さんだそうじゃないか。お父さんも喜んでいたよ」

私と握手を交わし、東條さんの肩を叩いた横川社長が満面の笑みを浮かべる。それに応(こた)えるように、彼も深く頷いた。

「ええ、本当にいい方と巡(めぐ)り合えたと思っています。結婚式には、ぜひ出席してください」

「もちろんだよ。碧さん、今度ぜひ我が家にも遊びに来てください」

「はい、ぜひ。今後とも、よろしくお願いします」

深くお辞儀をしてその場を離れると、息つく間もなく様々な人が彼のもとへ挨拶(あいさつ)にやって来た。

顔に笑みを貼り付けて、ひたすら彼の隣で頭を下げ続ける。今後もこういうことがあるだろうと、途中までは名前を覚えようとしていたのだが、あまりにも数が多すぎて諦めた。

それにしても、挨拶をしたすべての人が私達に好意的な目を向けていることに驚く。きっと、東條さんの人柄なのだろう。彼の普段の仕事ぶりが見えた気がして、なんだか誇らしい気持ちになる。

彼に相応しいと思われる人間になれるよう私も頑張らなくてはと、自然に思えた。

「大丈夫ですか?」

ようやく人の波が途絶えた頃、心配そうに聞いてきた彼へコクリと頷く。さすがに少し疲れたが、それよりも彼がたくさんの人に慕われていることが分かって嬉しかった。

「初めてとは思えないほど堂々としていて、完璧な対応でしたよ」

「そんなことないです……。もうずっと緊張してて、いっぱいいっぱいでした」

「とてもそんなふうには見えませんでしたよ。とても立派でした。……っと、父だ」

軽く手を上げた彼の隣で、思わずピンと背筋を伸ばす。一度緩んだ緊張が、再び全身を覆いつくした。彼の話では、私との結婚を喜んでくれているようだけど、やっぱり不安はある。

替え玉のことで、多大なご迷惑をかけてしまったし、内心では良く思われていないのではないか。

恐る恐る彼の視線の先を追うと、満面の笑みを浮かべた大柄な男性が歩み寄ってくる。

もしかして……あの人が東條さんのお父様?

なんだかちょっと……いや、大分イメージと違うかもしれない。

「怜！　その方が碧さんかい？」

「ええ。碧さん、こちらが僕の父です」

「は、初めまして、長谷川碧です。先日はご迷惑をおかけして、本当に申し訳ありませんでした」

「いや、そんな、碧さんが謝ることはないよ。私の方こそ、ちょうど席を外してしまっていて、挨拶（あいさつ）が遅れて申し訳なかったね。こうして会えて嬉しいよ。みんなからも礼儀正しい、いいお嬢さんだと褒（ほ）められて、鼻高々だ」

そう言って私の肩を叩き、穏やかに笑う東條さんのお父さんは、縦にも横にも大きくて、かなり貫禄がある。それでいて、どことなく愛嬌もあって大らかな印象を受けた。

なんていうか……熊みたい。

「それで、いつ結婚するんだ？」

「なるべく早くとは思っていますが、碧さんの仕事の都合もあるので。その辺は、追々。とりあえず近いうちに、実家に顔を出します。母さんにも彼女を紹介したいのでね」

笑顔で尋ねてくるお父さんに、東條さんがしれっと答える。否定するわけにもいかないので、私もニコニコと微笑んだ。

「ああ、そうだな。母さんが生きていれば、喜んだろうなぁ」

そう言うなり、お父さんの目が潤んでいく。そういえば、いまだにお母さんの遺影を見てメソメソしていると東條さんが言ってたっけ。

「ちょっと、いい年をした大人がこんなところで泣くなんて、みっともないからやめてください」

「だって父さん、怜が心配すぎて五キロも痩せたんだぞ。いい人と出会えて本当によかったと思って」

「百キロ近くあるくせに、五キロくらいでガタガタ言わないでください。どうせなら、あと二十キロくらい痩せたらどうです」

　東條さんに言い負かされて、お父さんはシュンとしている。

なんだかかわいい人だ。このお父さんとなら、仲良くなれる気がする。

「そうだ、さっき山川ホームの社長さんが、怜と有明の競技場のことで話をしたいと言っていた。あと、大高デザインの二代目も相談したいことがあると言っていたぞ」

「そうですか。でも、今日は碧さんの紹介がメインなので……」

「え？　いいですよ。お仕事の邪魔はしたくないですから。もう一通りの方に挨拶は済んだんですよね。それなら私、お料理でも摘まんで待っていますから」

「ですが……」

「大丈夫ですって。なにかあったら、探しに行きますから」

渋る東條さんを送り出し、私はおいしそうな料理が並ぶコーナーへ向かった。

さすが高級ホテル、お料理も豪華だ。

特に柔らかそうなローストビーフが、肉好きには堪らない。立食だからちょっと落ち着かないけど、こんないいホテルで食事する機会は庶民にはなかなかないことだ。

心配だった東條さんのお父さんとの初対面も無事に終え、緊張が緩んだせいかお腹が空いた。せっかくだし、たくさん食べようっと。

取り皿に、目に付いた料理を綺麗に盛り付け、早速会場の端で舌鼓を打つ。

うーん、やっぱりローストビーフ最高。他の料理もおいしいけど、これが一番だわ。

あっという間に平らげて、満足げに息を吐く。よし、おかわりしよう。

「やだ、こういうパーティーであんなに料理にがっついてる人、初めて見た。なんて卑しいのかしら」

「恵美、失礼よ。しょうがないでしょう、きっとこういうパーティーに来るのが初めてなのよ」

第二弾を取りに行こうと歩き出した私は、聞こえてきた分かりやすい嫌味に足を止めた。振り返ると、ピンク色のドレスに身を包んだ若い女性とその母親らしき人物が、虫けらを見るような目で私を見つめている。

えっと、この人達は……さっき挨拶したな。

東條さんのいる本社の人達はなるべく覚えておいたのだ。確か、副社長の奥さんと娘さんだ。副社長は、東條さんのお父さんのはとこだと聞いた。

「怜さんも困ったものね。やっぱり、母親のような人を好むのかしら。うちの子じゃなくて、こんな地味で育ちの悪そうな人を選ぶなんて」

「違うわ、私が断ったのよ。いくら顔がよくても、あんな趣味を持った人は嫌よ」

おお、そしてこのお嬢さんもお見合い相手の一人でしたか。親戚とはいっても、はとこの子供同士なら問題ないわけね。

そして、まんまと大人のおもちゃを使って撃退された一人か。お嬢様には、さぞ衝撃的だったことだろう。そりゃあ、思い出して顔をひきつらせるわ。お気の毒に。

「そうね。怜さんは、どこの馬の骨とも分からない女から生まれたから、どこか欠陥があるのでしょうね。夫達は上手く騙せているようだけど、そういう計算高いところも母親に似たのかしら」

ああ、なるほど。きっと、この人もお母さんと幼い東條さんをいじめていた一人なんだろう。

彼はこういう人達と、たった一人で戦ってきたんだ。そりゃあ女嫌いにもなるよ……。

でも、あんまり庶民を舐めるなよ。

私を守ると言ってくれた彼を、私だって守りたいんだから。

「怜さんに欠陥なんてありませんよ。彼は、とても感受性の強い方ですから。お嬢様の心の内を感じ取ってしまったんじゃないですか。だって、例のアレは、人を見極めるための嘘ですし」

私は、空（から）になった皿を給仕に渡し、悠然と母娘の方へ歩いていく。

「な、それ……どういう意味よ」

「あなたは、怜さんのことを心の中ではバカにしているのでしょう？　そんな相手とお見合いしたのは、次期社長という肩書きと彼の容姿に惹かれたからではないですか？」

「そ、それは……。でも、あなただって同じでしょう！」

図星を指されたお嬢様が、キッと睨（にら）んでくる。

「私は別に、怜さんの顔に傷があってもいいし、無職になったって構いません。幸い、手に職を持っていますから、いざという時は彼を養う覚悟があります。あら、お嬢様」

私はスッと彼女の頬に手を伸ばした。殴られると思ったのか、彼女はビクリと身体を震わせる。いくら腹が立っても、女性に暴力は振るいません。私は平和主義ですからね。

「ほうれい線と目尻にシワが……。もしかして、乾燥肌に悩んでいませんか？」

予想外の私の言葉に目を丸くしたお嬢様が、パチパチと目を瞬（また）かせながらコクリと頷く。

「え、ええ……。だけど、肌が弱いから、なかなか肌に合う化粧品が見つからなくて」

嫌味を言っていた相手に素直に答えちゃうあたり、根は悪い人じゃないのかもしれない。

「それは大変ですね。実は私……ナチュラアースという自然派化粧品の会社に勤めております。弊社には、お嬢様のような敏感肌で乾燥に悩んでいる方にピッタリの商品があるんです」

「ナチュラアース……知っているわ。最近、よく雑誌に出ているわよね。妹が、新しい商品を買っていたわ」

「まあ。妹さんには、ぜひ感想をお聞きしたいですわ。あ、これ、よかったらどうぞ。自社の化粧水と乳液、美容液の試供品です」

常に持ち歩いている自社製品の試供品をバッグから取り出してお嬢様に差し出す。すると、彼女はぱっと目を輝かせた。

「これ、気になってたの。試せるなんて嬉しいわ」

よしよし、食いついた。言いたいことは言うけれど、無駄に敵を増やすのはよくない。

女性でコスメが嫌いな人はいないから、自社製品を存分に活かしてこちらに引き入れる。これが私なりの、彼を守る方法だ。

「よろしければ、お母様にはこちらを。アンチエイジングに特化したフェイスマスクです」

「あら、私にもいただけるの？」

「ええ、ぜひ効果をお試しください。あと、これは今月発売のハンドクリームの現品です。ご家族のみなさんで使ってみてください」

「まあ、嬉しい！　ねえ、よかったら連絡先を教えてもらえない？　試供品の感想を伝えたいし、化粧品を選ぶアドバイスをしてほしいわ」

「ええ、いいですよ。こちらの名刺に書いてあるアドレスに連絡してください」

会社の名刺を差し出しながら、満面の笑みを浮かべる。

よし、落ちた。さっきまでの嫌味たっぷりな母娘はどこへやら。にこやかな笑顔で私に話しかけてくる二人に心の中でガッツポーズをする。

「ありがとう。近いうちに連絡するわ」

「はい、お待ちしています。今後とも、どうぞよろしくお願いいたします」

二人へ丁寧にお辞儀をして、その場を離れる。

勝った。ひとまずあの二人の心は掴（つか）めたはず。これでアフターフォローをすれば確実だろう。ついでに自社製品の宣伝もできたし、まさに一石二鳥（いっせきにちょう）。あとはあのお嬢様に、さりげなくご友人にも商品をすすめるよう誘導して……ぐふふ、私って天才かも。

少しばかりの嫌味なら笑顔でかわす自信があるし、それで彼の盾になれるなら御（おん）の字だ。将来の顧客にも繋（つな）がりそうだし、やる価値はある。

嫌味回避スキルに関しては、母親に感謝すべきかもしれない。人生とは、なかなか上手くできているものだ。

意気揚々とローストビーフのもとに戻り、上機嫌で皿に盛り付ける。先程より、量を多めにしたのは自分へのご褒美だ。

「お見事だな」

フォークに刺したお肉を口に入れようとしたところ、突然、後ろから声をかけられてビクッと身体が跳ねた。驚いて振り返ると、東條さんの秘書である美馬さんが拍手をしながら近づいてくる。

「ちょっ、びっくりするじゃないですか」

「悪い、悪い。驚かせるつもりはなかったんだ」

なぜかニヤニヤしている美馬さんを訝しく思いながら、ご褒美のお肉を口の中に放り込む。んー、柔らかくておいしい。

「にしても、百点満点の対応だな。怜に見守っているように言われてきたけど、俺の出る幕なし。あの母娘を手懐けるなんて、長谷川さんはなかなかの強者だな」

「見てたんですか？　なら、助けてくれればよかったのに」

「助けようと思ったんだけど、長谷川さんのあまりに鮮やかな手腕に見とれてしまった」

「だって、無駄に敵を作るよりは、上手く付き合った方が東條さんのためになるでしょう？　きっちり自社製品の宣伝もしておいたし、やっぱり人との繋がりは大事にしないと」

お肉を食べながら、そう言って笑う私に、美馬さんが急に真面目な顔をした。そして、なぜか私の顔をマジマジと見つめてくる。

「……怜が惚れ込むわけだ。ああ見えて、怜も人との繋がりをとても大事にしてるからな。どこにビジネスチャンスが転がっているか分からないからって。こういう社交の場にも、都合がつく限り必ず出席してるし、少しでも時間が空けば現場にも行く。あいつ、下請け会社の職人にもかわいがられているんだぜ。怜のそういうところを、俺は友人としても部下としても尊敬している」

美馬さんの話を聞いて、やはりなと納得した。

今日、少しの時間一緒にいただけでも分かったことがたくさんある。

東條さんに紹介された人達が、初対面の私に好意的だったのは、彼が努力して彼らとの信頼関係を築いてきたからに他ならない。

よかった、私のあの対応は間違っていなかった。これまで東條さんが積み重ねてきた努力を、台無しにしたくないから。

「あいつの亡くなった母親が、そういう考えの人だったみたいだな。人との繋がりを大切に、悪いところより、いいところを見つけなさいってな。長谷川さんは、怜の母親と似ているのかもな」

「いやいや、私はそんなできた人間じゃないですよ」

正面に立つ美馬さんは真剣な顔で褒(ほ)めてくれるが、私には打算もある。それはいくらなんでも買いかぶりすぎというものだ。

「いや、正直安心した。あいつはようやく、運命の相手と出会えたんだって。……お、王子様の登場だな」

美馬さんの言葉に振り返ると、仕事の話が一段落したのか東條さんがこちらに向かってくるところだった。

「おお、本当にベタ惚れだな。怜のあんな顔、初めて見た」

私を見て、柔らかく目元を緩(ゆる)めた彼に、美馬さんが驚いた声を上げた。

甘さの滲(にじ)んだその瞳に、自分の頬が熱くなるのが分かる。ああいう顔を私だけにしか見せないのだと思うと、ちょっとだけ優越感を覚える。

「碧さん、一人にしてしまってすみませんでした。拓矢も、悪かったですね。誰かに絡(から)まれたりしませんでしたか？」

「副社長夫人達に、ちょっとな」

それを聞いて顔をしかめた東條さんに、美馬さんがニヤリと笑って何事か囁(ささや)いた。彼の目が驚いたように見開かれていくのを見て、なにを言われているのかと心配になる。

「じゃ、俺は行くよ。長谷川さん、また」

「あ、はい。ありがとうございました」

ペコリと頭を下げて、遠ざかっていく背中を見つめていると、東條さんがスッと私の腰に手を回した。そのまま引き寄せられて、顔を覗き込まれる。

「嫌な思いをさせてすみませんでした。大丈夫ですか？」

「もちろん、大丈夫ですすよ」

「そうですか。……それにしても、碧さんがそこまで僕のことを思ってくれていたなんて、知りませんでした。僕の顔に傷があってもいい、無職でも構わないなんて、最高の殺し文句です」

「なっ！」

耳元でそう囁かれて、思わず彼を見上げる。しかし、逆に蕩けそうなほど甘く見つめられて、あまりの威力に慌てて目を逸らした。

こんな顔で見つめられたら、心臓がどうにかなってしまう。

美馬さんめ、余計なことを……。本心ではあるけれど、それを本人に知られるなんて恥ずかしすぎるでしょ。

「碧さんのそういうところが、すごく好きです。どうしましょう、今すぐ抱きしめたいです」

腰に回った彼の腕に、力がこもる。本当に抱きしめてきそうな彼を、慌てて押し止めた。こんな人目のあるところで密着されるのは、色々な意味でよくない。

「ひ、人前ですよ。自重してください」

「そうですね、仕方がないから今は我慢します。実は、ホテルの部屋をとってあるのですが……このまま帰りますか？」

「え？」

さらりと告げられた内容に、一瞬ポカンとしてしまう。

「意味、分かりますよね？」

もちろん、その意味が分からないほど、私は子供ではない。かあっと熱が頬に集まるのを感じながら、コクリと頷いた。多分、私の顔は真っ赤になっていることだろう。

「碧さんが嫌なら、いつまでも待ちます。でも、もし僕を受け入れてくれるなら、これを受け取ってください」

差し出されたのは、このホテルのカードキー。見覚えのあるそれは、私達が初めて出会ったあの部屋のものだった。

恋人になってから、一ヶ月と少し。際どい接触はあったものの、今日まで清らかなお付き合いを続けてきたのは、彼なりに私を大切に思ってくれていたからなのか。

それに気づいてしまったら、断れるわけがない。それに……

私はもう、彼と生きていくと心に決めている。

小さく頷いてカードキーを受け取ると、彼は嬉しそうに笑って私のこめかみにキスをした。

「ありがとうございます。僕は、もう少しだけ仕事の話を片付けてきますので、先に部屋へ行っていてください」

「わ、分かりました」

離れていく彼の後ろ姿を見送った後、お皿に残ったお肉を食べるが、全然味がしない。最後の一切れをゴクンと呑み込んでから東條さんの姿を探すと、彼は年配の男性に囲まれてにこやかに談笑していた。

それを横目に見つつ、ソッと会場を出る。

ドキドキとうるさいくらいに高鳴る胸を押さえながら、私はエレベーターの中に身体を滑り込ませた。

一歩ずつ

一ヶ月ほど暮らしていたためにすっかり見慣れてしまった豪華なスイートルーム。そこで私は、ウロウロと熊のように歩き回っていた。

お、落ち着かない。どうしよう、めちゃくちゃ緊張する。

えっと……先にシャワーを浴びておくべき？　でも、それってちょっとやる気満々みたいで恥ずかしくない？

ああ、こういうシチュエーションが久しぶりすぎて、どうしていいか分からない。

だって、最後にそういうことをしたのは大学時代に付き合っていた彼氏とだ。その彼とも、決して回数が多かったわけではない。

最初がものすごく痛くて、その後も気持ち良さより苦痛の方が強くて、なんとなく行為を避けるようになってしまった。当時の彼氏が、ガツガツくるタイプではなかったからなおのことだ。

どうしよう、私……上手（うま）くできるかな。

泣きそうになりながら途方に暮れていると、部屋のインターホンが鳴ってビクッと身体が跳ねる。

き、来た。多分、彼だ。

慌てて入口に向かい扉を開けると、東條さんが立っていた。彼は私を見てホッとしたように息をつき、それからなぜかぷっと噴き出す。

「顔が真っ赤ですね。緊張してますか？」

「し、してますよ！　悪いですか？」

「いいえ、悪くないです。すごくかわいい」

低い笑い声を漏らした彼がするりと部屋に入ってきて、私を抱きしめる。それだけで、私の心臓は簡単にドキドキしてしまう。

「部屋にいなかったら、どうしようと思っていました」

「に、逃げませんよ」

「すでに二回、逃げられていますからね。……先に外堀を埋めてしまいましたが、僕を受け入れてくれたと思っていいですか？」

少し身体を離し、どこか不安げな顔でそう言う彼の顔をそっと見上げる。

「……本当に、私でいいんですか？　……言っておきますけど、返品不可ですよ」

私の言葉に、彼は困ったように眉尻を下げて小さく息を吐いた。

「碧さんじゃなきゃダメなんです。僕の容姿や肩書きじゃなく、中身を見てくれる人は初めてでした。返品するなんて、とんでもない」

「探せば、他にもいると思いますよ……中身を見てくれる人」

「いませんよ。いたとしても、僕は碧さん以外受け付けません」

微笑んだ彼の大きな手が私の頬を包み込み、愛おしそうに目が細められた。甘さの滲んだ瞳が、私を捉える。

「愛しています、碧さん。僕と結婚してくれますか？」

いつだって優しく私に触れてくれるその手に、私は自分の手を重ねた。

「……はい」

あの副社長夫人と娘を相手にした時に、自然と覚悟は決まった。

東條の御曹司である彼の伴侶になるのは、きっと容易なことではないだろう。それでも、彼のことが好きだから傍にいたい。そして、彼を守れる存在になりたい。

「東條さんをいじめていたおばちゃん達なんて、私が手玉にとってあげますからね。それで、私の会社の化粧品を買ってもらうんです。研究職だけど、セールストークもなかなかのものですから。私、天才でしょ？」

彼を見上げて、自信満々に微笑んだ。

「本当に逞しいですね。……あの日、ここで碧さんに出会えてよかった」

「はい……。でも、まだ慣れてないんです。だから、そんな顔を近づけてこないでください」

「そんな顔って、どんな顔ですか？」

「……私のことが好きで好きで堪らないって顔ですよ」

間近から甘く艶めいた瞳で見つめられて、頬に熱が集まる。ただでさえ心臓に悪い美形なのに、そんな愛おしげに見つめられたら破壊力がすごすぎる。

「それは事実なので仕方ないですね。でも、これ以上は待てませんから、いっそショック療法といきましょうか」

「え、きゃっ！」

子供のように抱え上げられて、部屋の奥の寝室まで運ばれる。そのまま、ベッドの上にうつ伏せに転がされた。体勢を立て直す前に、彼の手が剥き出しの背中をゆっくりと撫でる。

「知っていますか？　男が女に服を贈る時は、それを脱がしたいという意図があるんです。このドレスを選んだ時から、こうして触れることを想像していました」

「ん……あっ」

背中に唇が落ちて、甘い吐息が口から漏れる。時折、チクリとした痛みを感じるのは痕をつけられているからだろう。その痛みさえも愛おしいと思ってしまう自分に、びっくりする。

今まで、彼に対してこんなふうに感じたことはなかった。いつの間にか、相当ハマってしまったみたいだ。

「碧さん、好きです」

「……私も、好きっ」

溢れる感情のまま気持ちを口にすると、ドレスのファスナーを下ろしていた彼の手がピタリと止まった。どうしたのかと振り返ると、身体を仰向けにされてぎゅっと抱きしめられる。

「東條さん？」

「初めて好きって言ってくれましたね。どうしよう、すごく嬉しい」

頬を赤らめて照れたように笑う東條さんに、キュンとしてしまった。この人、時々すごくかわいい。こういうところも、すごく好きだ。

「今夜は、僕の名前をたくさん聞かせてください。たくさん呼んで、怜って、名前を」

私の頬を両手で包み、ぎりぎりまで顔を寄せた東條さんが甘く懇願する。

「うん。……怜、好きだよ」

「ああ、もう我慢できない。好きだよ、碧」

いつもの敬語ではなくなった彼が、私の唇を塞ぐ。キスの合間に名前を呼んで、彼は性急に私の服を脱がしていく。

あっという間にドレスが床に落とされ、裸の胸が露わになる。私をショーツ一枚の姿にした彼は、小さく息を吐いた。焼けるような視線で見つめられて咄嗟に両手で身体を隠そうとする。だが、やんわりとそれを阻まれた。

「綺麗だ……。もっと見せて、俺に碧の全部を」

ジャケットとベストを脱ぎ捨て、ネクタイを外した彼が目を細めて笑う。ワイシャツのボタンが外され露わになる彼の肌に、思わずゴクリと唾を呑み込んだ。

気づくと私は、程よく筋肉のついた硬い胸に手を伸ばしていた。驚くほど熱い肌に、ゆっくりと指を這わせる。ピクリと身体が震えたと思ったら、彼に強く腕を掴まれた。

「あまり煽るな。ただでさえ余裕がないのに、めちゃくちゃにしてしまいそうだ」

「怜になら……それでもいい」

「……っ、優しくしたいと思ってたのに、知らないからな」

首筋に歯を立てられて、身体の奥がじんわりと熱を持つ。好きな人に求められることが、こんなにも嬉しいなんて知らなかった……。湧き上がってくる喜びに、ゾクゾクと背中が震える。

「あっ、んんっ」

「ああ、碧の匂いがする……堪らない。初めて会った時から、惹かれていた」

私の耳元で囁いた彼が、はあっと、熱い息を吐く。そのまま耳朶を食み、鎖骨へ滑り落ちてきた唇が左胸の膨らみに吸い付いた。更に脇腹を撫でていた手で右胸を揉まれ、小さな声が漏れた。

「あっ……」

「柔らかいな……」

彼の手の中で、大きな胸が自在に形を変える。そのたびに、私の身体がピクピクと反応した。

「もう、硬くなってる。本当に、敏感。いつも思っていたけど、ここすごくかわいい。小さいのに、触って欲しいって、一生懸命主張してるみたいだ」

胸に顔を寄せた彼が、うっとりと口にする。

「そういうこと、言わないで……ひゃうっ！」

淡く色づいた先端に彼の指が触れた瞬間、電流が走ったみたいに下腹部が甘く痺れた。指先でそこを捏ねられる度に、自分の声とは思えない嬌声が口から漏れる。

「こら、唇を噛むな。それと、声、我慢しないで」

唇を噛み締めて声を我慢していると、ちゅっとキスをされた。

「だって、恥ずかし……」

「俺しか聞いてない。ほら、口を開けて」

キスをしながらねだられて、素直に従うと熱い彼の舌が口の中に入ってきた。歯列をなぞるように動いていた彼の舌が、ねっとりと舌に絡みつく。

「あっ、んんっ、んっ」

最初はくすぐるように優しく、そのうち激しく大胆に。口腔内を余すところなく侵される。同時に、胸を揉まれながら更に硬さを増した乳首を弄られ、体の芯が熱を持つ。

トロリと溢れてきた蜜が下着を濡らすのを感じ、思わず太股を擦り合わせた。

「いい顔。声も、色っぽくて……そそる」

「やあっ、あんまり……見ないで」

熱のこもった瞳で見つめられて、手で顔を覆う。だから、彼の手が下半身に伸びていることに気がつかなかった。

「きゃっ、や、ダメ！」

「ああ、すごく濡れてる……ヌルヌルだ」

彼の手がショーツの中に入り込み、濡れそぼっている割れ目をゆるゆると撫でた。必死に脚を閉じても、その動きを止めることはできず、クチュクチュという水音が聞こえてくる。

「嫌ぁ……、も、恥ずかし……」

「まだまだこれからなのに。恥ずかしがってる碧も堪らないけどね。こんなに感じてくれて嬉しい。だから、もっと感じて」

「あっ、ああんっ」

指で弄られて敏感になった胸の先に、彼の舌がねっとりと絡みつく。硬くなったそこを転がされ、舌の表面で擦られると身体の奥から更に蜜が溢れてきた。

ショーツの中に入り込んだ指が、その蜜を掬い敏感な芽に擦りつける。指の腹で、ゆるゆると円を描くように撫でられると、ビクビクと腰が揺れた。

「ああっ、はあっ、そこ……ダメ……下着、濡れちゃうからっ」

もうとっくにビショビショかもしれないが、羞恥と初めて感じる強い快感が怖くてそう口にする。

すると、乳首を好き放題なぶっていた彼が顔を上げ、ニヤリと不敵な笑みを浮かべた。

「じゃあ、脱がそう」

「え？　きゃっ！」

スルリとショーツを脱がされ、隠す間もなく大きく脚を開かれる。自分でもほとんど見たことのない場所をじっと見つめられ、恥ずかしさのメーターが振り切れそうだ。知らず目に涙が浮かぶ。

「ああ、ここも……すごく綺麗だ」

うっとりとした口調で呟いた彼が、脚の間に顔を近付けた。熱い吐息が濡れた秘所にかかり、ピクンと身体が揺れる。

「やっ、そんな見ないで。ていうか、電気消して……」

「ダメだよ、全部見せてって言ったよね。それに、こんなに綺麗な身体を……見ないなんてもったいない」

「ひゃん！」

唐突に敏感な突起が温かいなにかに包まれて、身体が大きく跳ねる。視線を自分の脚の間に向けると、そこに顔を埋めている彼と目が合った。

舐められている、と自覚すると同時にグリグリと舌先で花芯を押し潰されて、隠れていた芽を探り当てられる。

「あう、あっ……ダ、メ、そこ、舐めちゃ、やっ」

「ああ、どんどん溢れてくる……」

「は、んっ、ああっ、も、ダメ、ダメェ」

強すぎる快感に、怖くなってフルフルと首を横に振るが、彼はやめてはくれなかった。硬くなった芽を舌で転がされて、とめどなく蜜が溢れてくる。ためらいもなくそれを舐め取った彼が、膣に指を差し込んできた。

「あ、ふっ……うぅっ」

「んっ、まだきついな。すごく濡れてるけど、もう少し慣らさないと碧が辛いかな」

クチュクチュと水音を立てながら、彼の指が探るように中を掻き回す。同時に舌で敏感な粒を吸われて、脚がガクガクと震えた。

「あっ、ああっ、もう……舐めな……あ、んんっ！」

彼の指がある一点を掠めた瞬間、ビクンと身体が大きく跳ねた。下腹部の奥が甘く疼いて、彼の指をギュウギュウと締め付ける。

「ここ、気持ちいい？」

「あんっ、分かんな……。でも、ダメ……そこ、されると……変、だからぁ」

お腹が熱くて、どうにかなってしまいそうだ。

涙を零しながら必死に制止を訴えても、逆に中の指を増やされて、いっそう激しく攻め立てられる。

その度にグチュグチュという粘着質な水音が部屋に響いて、溢れた蜜がお尻を伝ってシーツを濡らしていく。

「は、あぅ、んんぅ、も、やぁ……ダメなの、なにか……きちゃうからっ。怜、おねが……」

熱に浮かされて、上手く思考が回らない。自分でも、なにをお願いしているのか分からないまま、彼のワイシャツを掴んで泣きながら訴える。

「……かわいい。碧の泣き顔はかなりくるな」

彼は顔中にキスの雨を降らせつつ、繰り返し私の中を掻き回す。

「ふぁ、あぁぁ、やだぁ、激しくしな……んんっ」

私の抗議は彼の唇に呑み込まれてしまった。舌を激しく絡ませながら、彼の指が媚肉をリズミカルに擦り上げてくる。同時に親指の腹で硬く尖った粒を刺激されて、背中が弓なりに反り返った。

「ふっ、んんっ、んんぅ……はあっ、れ、い……」

どちらのものとも分からない唾液が口の端から溢（あふ）れ、それを彼の舌が追っていく。そのまま、乳首に吸いつかれて、ビクビクと身体が大きく揺れた。

舌で乳首を転がされながら敏感な突起を親指で刺激される。更に、熱くなった膣の中を何度も指で掻き回された。

「ああっ！　や……んんっ」

弱い場所を同時に攻められて、なにかが足元からせり上がってくる。徐々に身体の芯が熱くなって、堪（こら）え切れずになにかが弾けた。

「あっ、ダメ……も……ああっ！」

頭の中が真っ白になり、最奥（さいおう）からコポリと愛液が零（こぼ）れた。肉壁が蠢（うごめ）いて、キュウキュウと中に入ったままの彼の指を締め付ける。快感の渦（うず）に全身が包まれて、指が引き抜かれた刺激にさえ、ヒクヒクと入口が収縮した。

「は……あっ……」

「上手にイケたね、碧」

ぐったりとベッドに沈み込む私の頭を撫でながら、彼がよくできましたとばかりに頬にキスをする。肩で息をしながらあれが〝イク〟ということなのかとぼんやりと思った。

身体がすごく熱い。触れる場所すべてが性感帯になったみたいに、全身が敏感になっている。初めて感じる深い悦楽の余韻に浸（ひた）っていると、カチャリという金属音が聞こえた。

そちらに目を向けると、彼が銀色のパッケージを口に咥えてスラックスのジッパーを下ろしているところだった。

その様子を見つめていた私は、黒い下着の中から飛び出してきた彼のものに驚いて目を見開いた。

え、あれ……？　なんか、大きくない？

元カレのものもそんなにじっくりと見たことはなかったが、あんな形状ではなかった気がする。浅黒く血管の浮き出たそれは、お腹につきそうなほど硬く反り返っていた。

口に咥えていたパッケージを破き、彼らしくない乱暴な仕草で袋をベッドの下に投げ捨てる。

勃ち上がったものに手早く避妊具を被せていくのを見ながら、ジワジワと冷や汗が出る。

ちょ、ちょっと待って……あれ、本当に私の中に入るの……？

私の焦りなど知る由もなく、彼が準備を終えたそれをピタリと蜜口に押しつけた。

「あっ、ちょっと、待っ……」

「無理。俺がこの一ヶ月、どれだけ我慢してたと思ってるの」

「でも……あっ、待って。怜も、服脱いで」

私だけが全裸にされて、彼はワイシャツもスラックスも脱いでいない。その不公平さを指摘するが、彼は止まってはくれなかった。

「脱いでいる時間が惜しい。……挿れるよ」

「あ、そんな……ああっ！」

グッと強く腰を押しつけられる。隘路をこじ開けるように、彼のものが中に入ってくる。

痛くはないが、凄まじい圧迫感に息が止まる。

「……くっ、碧、ちょっと中を緩めて」

「はっ、あ、無理……できな……」

歯を食いしばってフルフルと首を横に振ると、チュッと軽いリップ音をさせて顔中にキスをされた。啄むみたいなキスを繰り返されるうちに、彼の舌が口を開くよう誘ってくる。

「ん……あっ……」

柔らかく舌を絡めながら指で乳首を弄られて、下肢の力が抜ける。それを待っていた彼が、一気に自身を突き入れてきた。

「んうっ、ああっ、は、あ……」

「……全部、入ったよ。大丈夫？」

「ふっ、うぅ……だいじょ、ぶ」

　身体の中に彼を感じて、女の本能が喜んでいる。今までに経験のない強い感情が怖くなって、ポロリと涙が零れた。

「碧、どうした？　痛い？」

「違う……けど、少し怖い」

　小さく首を振りながら、目の前の彼にしがみつく。

「怖い？」

「身体を、怜に作り替えられてるみたい。嬉しいんだけど、なんだか離れられなくなりそうで……」

　微かに息を呑んだ様子の彼に、ぎゅうっと抱きしめられた。

「なに、それ。最高だな。これからは碧は俺だけのものだし、離れる必要なんかないよね。たくさん触れて、俺以外受け付けない身体にしよう」

　間近でニッコリと微笑んだ彼に、ゾクリと背筋が震える。もしかして、なにか変なスイッチを押しちゃったかも……

　彼の嬉々とした表情を見て本能的に怯える。そんな私の胸元に、上体を起こした彼が唇を落とす。まるで所有の証のように痕を残しながら、彼が腰を動かし始めた。

「……っあ、あっ、待って、まだ……ああんっ」

「大丈夫だよ。碧のここは、ちゃんと俺を受け入れてる。ヌルヌルで温かくて……油断するとすぐに持っていかれそうだ」

グリッと硬い先端で奥を突かれ、ジュプリと押し出された愛液が溢れる。彼の動きに合わせてグチュグチュという音が聞こえてきて、自分がどれだけ濡れているか自覚させられる。

「碧……碧……」

彼に名前を呼ばれる度に、自分が特別な存在になった気がするのはなぜだろう。もっと、もっと私を彼で満たして欲しい。一ミリの隙間もないくらい、全身で彼を感じたい。

「あっ、う、んんっ、ふぅ……あ、ああっ、怜、キス、キスしてっ」

「……っ、ああ、もう、なんてかわいいんだ」

名前を呼んで懇願すると、すぐに彼がキスをくれる。舌と舌を擦り合わせると、お互いの体温が溶け合って混じり合っていく。私の中が彼で満たされていく気がして、胸がいっぱいになった。

ぎゅっと抱きつくと、彼も私の身体を抱きしめてくれる。

「碧、好きだ、愛してる……」

耳元で囁かれる愛の言葉が、全身に深く浸透していく。それに反応するように膣壁が蠢き、抽送を続ける彼のものを締めつけた。

「……っ、中が締まった。耳弱い？　それとも、俺の言葉に反応した？」

「ふっ、ああっ、そんなの……」

「また締まった。どっちも、かな？　本当にかわいい。全部食べてしまいたいくらいだ」

「あっ、ダメ……あっ、んん」

耳朶を食みながら、低い声で愛を注ぎ込まれ、ゾクゾクと背中が震える。はあっと、熱い息を吐いた彼が、私の膝裏に腕を入れて抱え上げた。

胸に膝がつくほど身体を折り曲げられて、彼と繋がった部分が私の目に飛び込んでくる。雄々しい肉棒をしっかり咥えこんでいる秘部が見えて、羞恥に頬が染まった。

「いやぁ、これ、恥ずかし……」

「目、逸らさないで。ちゃんと見て、俺のものが碧の中に入っているところ」

私の蜜でテラテラと光った彼の昂りがゆっくりと引き抜かれる。開いた襞が物欲しそうにヒクついた。緩急をつけて抽送を繰り返される度に、愛液がブチュリと音を立てて白く泡立っていく。

「ほら、ここを擦るとすごく締まる。奥も弱いだろ。すごく溢れてきて、シーツまでグショグショだ」

「や、んうっ、言わないで……ああっ」

自分でも知らなかった弱い部分を彼の張り出した部分で擦られる。更に、最奥を強く突かれて背中が弓のようにしなった。彼の言う通り、溢れた蜜がお尻を伝ってとめどなくシーツを濡らしていく。

「ひ、あ……あう、怜、も、意地悪しないで」

「ああ、本当に堪らない。とことん甘やかして、虐めて、俺なしでは生きていけなくしてやりたい」

「ああっ！　深……ダメェ、壊れちゃうっ」

「もっと激しくしてって聞こえるな」

弱い部分を擦られながら膣の中をめちゃくちゃに突き回された。部屋の中に、自分のものとは思えない嬌声と、いやらしく粘着質な水音、彼の乱れた息遣いが響く。

潤んだ目で彼を見ると、額に汗を滲ませて切なげに眉を寄せていた。彼も感じてくれているのだと思うといっそう身体が疼いて、彼のものを奥へ誘うよう媚肉が蠢く。同時に大きな快感の波が再び襲ってきて、私は大きく身体を仰け反らせた。

「……くっ、よすぎる。身体の相性も、最高だな。もっと、俺に、溺れて、碧っ」

「あああっ、本当、ダメ、も……あんぅ、やぅっ」

強く腰を掴まれて、彼の抽送のスピードが速まる。硬い肉棒でガツガツと最奥を突き上げられ、必死に彼の首にすがりつく。

「あっ、あああっ、なんか、来る。怜、きちゃうっ」

「はっ……あ、俺も、もうっ……。碧、舌を出して」

言われた通りに舌を出すと、彼の熱い舌がねっとりと絡(から)んできた。濃厚なキスをされながら一際激しく奥を抉(えぐ)られて、お腹の奥でなにかが弾けた。

「ああ、怜、怜、あっ、あああんっ！」

「はあっ、碧、好きだ、愛してる。……くっ、も……イ、クッ」

ビクビクと震える私を彼が力いっぱい抱きしめた。それと同時に、私の中で彼が一回り大きくなり、被膜越しに熱いものを吐き出したのが分かった。まるで搾(しぼ)り取ろうとするように中が収斂(しゅうれん)し、彼の腰が呼応して数回震える。

荒い息を吐きながら、彼にぎゅうっと抱きつく。

すごく幸せかも……

私がじんわりと幸福感に浸(ひた)っていると、チュッと頬にキスされた。少し身体を離した彼が、自身を私の中からズルリと引き抜く。

「ん……」

そのまま素早く処理をした彼が、新たな避妊具を口に咥(くわ)えてギョッとする。

思わず彼のものに視線をやると、再び反(そ)り返って存在を主張し始めていた。

「……え？　あの、怜……？」

「ずっと我慢してたから、一回じゃ全然足りない」

「え、嘘……待って、も、無理」

「碧は横になっているだけでいいよ。俺が勝手にするから。さっき言ったよね？　たくさん触れて、俺以外受け付けない身体にするって。ここも、俺の形に作り替えないと」

「そんなっ……ああっ！」

避妊具をつけた彼が一気に中に押し入ってきて、身体が仰け反る。乱暴にワイシャツを脱ぎ捨てながら、彼が恍惚とした表情で微笑んだ。

「はあっ、気持ちいい……碧となら、何度でもできそうだ」

「やっ、待っ……ああんっ、んっ、ああっ」

すぐに抽送を始めた彼に、私は為す術もなく一晩中翻弄され続けた。

※　※　※

「あ、ああっ！　……も、ダ、メ……」

「……くっ」

ぎゅうぎゅうと蠢く肉壁に締め付けられ、俺は被膜越しに彼女の中に欲望を吐き出した。じっと快感の余韻に浸りながら、腕の中にいる彼女を見つめる。

「碧……？」

名前を呼んでも、彼女は目を瞑ったままだ。どうやら、意識を失ってしまったらしい。汗に濡れた髪を掻き上げながら、彼女の中から自身を引き抜き後処理をする。

ベッドサイドの時計が、もう朝と言える時間なことに気がついて苦笑した。

いい年をして、どれだけ夢中になっていたのか。ベッドの下には、激しい情事を証明するように開封された避妊具のパッケージが無数に転がっている。

自分はセックスに関しては淡泊な方だと思っていたが、そんなことはなかったようだ。彼女が相手だと、俺は際限なくできるらしい。しかし、いくら我慢を強いられていたとはいえ……

「……少しやりすぎたな」

ベッドでぐったりと意識を飛ばす碧に、口から反省の言葉が出た。彼女をベッドに残し、そっとバスルームに向かう。軽く汗を流した後、ホットタオルで彼女の肌を拭いていく。

本当は、風呂に入れてやりたいが無理に起こすのも可哀想だ。彼女が起きたら、一緒に入ればいい。

それにしても……彼女は本当に綺麗な身体だ。オーガニック化粧品の会社で働いているくらいだから、普段からケアを欠かさないのだろう。どこを触っても、しっとりと手に吸い付くような肌をしている。

夢中になって触れた肌には、たくさんの赤い痕が残っていた。その痕を指でなぞっていくと、さっきまで自分を受け入れていた場所に辿り着いた。

綺麗なピンク色をしたそこに、思わず視線が釘付けになる。彼女は初めてではなかったが、それは年齢を考えれば仕方がない。だが、まったく男慣れしていない様子がかわいらしくて、十分すぎるほど情欲をそそられた。

普段はしっかり者で、なかなか甘えてくれない彼女が快感に喘ぎ、涙を零してすがりついてくる姿は本当に堪らなかった。

彼女の乱れた姿を思い出し、一人でニヤニヤしていると、再び下半身に熱が集まってくる。まだ濡れた秘部はテラテラと光り、自分を誘っているように見えた。

そんな自分に苦笑いをし、膨らんだ欲望を宥めながら彼女の身体を綺麗にタオルで拭いていく。

それを終えると、まったく目を覚ます気配のない彼女の横に寝転がる。柔らかな身体を抱きしめると、なんとも言えない充足感が身体を包んだ。

ずっと、自分のことが嫌いだった。どんなに努力を重ねても、寄ってくるのは顔と東條の名に惹かれた人間ばかり。自分の価値は、そこにしかないのだと思っていた。

そんな俺に、彼女は顔に傷があっても、無職でも構わないと言ってくれた。

拓矢に『こんないい女、他にいないから絶対逃がすなよ』と言われたが、本当にそう思う。碧の存在に、俺がどれだけ救われているか……きっと彼女は知らないだろう。

眠ると少し幼くなる彼女の顔を見つめ、そっと唇にキスをする。

「ん、怜……」

身じろぎをしながら自分の名前を呼ぶ彼女に、愛おしさが募る。やっと手に入れた、唯一無二の存在。

「もう、離さない……絶対に」

ぎゅっと彼女を抱きしめて、目を閉じる。今すぐ結婚という形をとって、完全に囲い込んでしまいたいが、彼女の家族の問題が残っている。

早急に解決できるよう、対策をしなければと思いながら浅い眠りに落ちていった。

※　※　※

「んっ……」

ふと、目を開くと薄いカーテンから明るい光が射し込んでいるのに気づいた。

あれ？　ここ、どこだっけ……？　確か昨日は、東條グループのパーティーに参加して……

見覚えのある大きな窓と、品のいい調度品を眺めながら、上手く回らない頭で考える。

なんだろう、すごく身体が怠い。下半身は筋肉痛になっている気がする。それに、脚の間になにか挟まっているみたいな違和感が……

「碧さん、起きました？」

少し掠れた声が真後ろで聞こえて振り返る。

私を背後から抱きしめていた怜が、穏やかな笑みを浮かべていた。

「おはよう、よく寝ていましたね。もうすぐお昼ですよ」

チュッと額にキスされて、一気に昨夜の記憶が甦ってくる。

ボボボッと、燃えるように顔が熱くなった。

裸のまま抱き合っていることに気づき、布団に潜り込もうとする私を笑顔の彼が抱きしめてきた。

「そんなかわいい反応をされると、またしたくなってしまうのですが」

「じょ、冗談でしょ。昨日どれだけしたと……。もう、お腹いっぱいです」

「僕はまだ、腹八分目ですね。碧さんなら満腹でもおいしく食べられそうですが、試してもいいですか？」

ペロリと舌舐めずりする怜に組み敷かれ、ゾゾッと背筋が寒くなる。

青くなる私に、彼がクスリと笑った。

「冗談ですよ。碧さんの負担になるような愛し方はしたくありませんから」

昨日、散々無理をさせられた気がしないでもないが、指摘するのはやめておこう。優しく私を抱きしめる彼の腕の中で、ホッと息をついた。

ああ、幸せだなぁ……。好きな人と素肌で触れ合うのって、すごく気持ちがいい。彼の背中に手を回すと、大きな手で髪を撫でられた。

「結婚式は……どうしましょうか」

ウットリと目を瞑（つむ）って幸福感に浸（ひた）っていた私は、彼の言葉に顔を上げた。

「碧さんは、どうしたいですか？　僕の立場上、内輪だけの式というわけにはいかないのですが……」

「そう……ですよね……」

昨日のパーティーの様子を見ても、それは理解できる。大企業の御曹司だし、たくさんの人が彼の結婚を祝いたがっていた。だけど、私の家族は……

考えるほどに気持ちが暗くなってしまい目を伏せる。そんな私の頭を、彼の手が優しく撫でた。

「そんな顔をしないで。会社関連のパーティーは開かなければなりませんが、挙式は二人だけでしてもいいと思っています」

「でも……」

「どうするか、二人で考えましょう。僕も、碧さんを育ててくれたご両親を、ないがしろにはしたくありませんから」

私を思いやる彼の言葉に、胸がじんわりと温かくなる。

「……ありがとうございます」

「お礼を言う必要はありません、当然のことですから。……ところで、碧さん」

「はい？」

「敬語、そろそろやめませんか？」

「え、でも……怜も……」

「僕のは、わざとです。口調を変えただけで、碧さんがとてもいい反応をしてくれるので」

「なっ、もう！　からかわないで」

頬を膨らませた私を見てクスクスと笑った怜が、私を抱き寄せてキスをしてくれる。

優しい瞳で私を見つめる彼を、愛しいと思う。

彼と幸せになるために、後悔を残したくない。

もう一度、母と向き合ってみよう――そう心に決めながら、私は愛しい彼の胸に頬を寄せた。

そして、あのパーティーから一週間後の日曜日。

私は実家に向かいながら兄の樹と電話をしていた。

『プロポーズされた⁉　展開が早いな。お見合いしたの、いつだっけ？』

「十月かな。ちょうど、出会って二ヶ月半くらい。でも、嬉しかったし……なにか納得しちゃったんだよね」

『納得？』

「うん、私を手に入れるためには結婚が一番効率がいいって言われて、なるほどーって思っちゃった。それに、私が誰を敵に回してもいいと思うくらい、彼を好きになったから」

『誰を敵にって……それはいくらなんでも大袈裟だろ』

いやいや、お兄様。大袈裟なんかじゃないのよ。顔良し、頭良し、家柄良しのハイスペック男子を私みたいな平凡な女が射止めてしまったのだ。それ相応の覚悟が必要ってものだ。

『……はあ、碧が結婚か。嬉しいんだけど、ちょっと複雑。なんだか、娘を嫁に出す気分だ』

「はは、良かったじゃん。本物の娘を嫁に出す前に疑似体験できて」

『そんなこと言うなよ！　本気で泣きそうになるだろ』

私の言葉に、溺愛している愛娘が嫁に行く姿を想像したのかもしれない。電話口の兄の声が若干震えた。お兄様、あなたの娘はまだ小学生だぞ。

『今度、ちゃんと相手を紹介しろよ。それで、今から母さんのところに行くのか？』

「うん。彼とのこと、もう一回ちゃんと話そうと思って。

ないけど、できればちゃんと認めてもらってから結婚したいし」

『碧は、本当にしっかりしているよなぁ。茜は、なんて？』

「私の味方になってくれてるよ。今回のことで、少し心境の変化があったみたい」

『そっか……。なんだろうなぁ、お兄ちゃん、急に年とった気分だ。なにかあったら、遠慮なく言えよ。どこにいたって、駆けつけるから。俺も、いつだって碧の味方だからな』

鼻を啜った兄の言葉に、小さく笑みが零れる。茜中心に回る家の中で、十歳年上の兄だけがいつも私を気にかけてくれた。私にとって、兄は救いで、ある意味父親のような存在でもある。

遠く離れていても、変わらず私を思っていてくれることが嬉しくて、温かい気持ちに包まれながら電話を切った。

よし、頑張ろう。そう気合を入れて、約一ヶ月半ぶりに訪れる実家のインターホンを押す。しばらくすると、玄関が開いて茜が顔を出した。

「おかえり、碧ちゃん」

「ただいま」

笑顔で私を迎えてくれた茜が、私の左手に嵌まった指輪を見て露骨に顔をしかめる。

「うわぁ。さすが、いい指輪貰ったね。本当に結婚しちゃうんだ……。分かってはいたけど、実際に見ると複雑な心境になるわぁ」

「また、そんなこと言って。茜と東條さんは、案外、気が合うように思うんだけど」

「えー、やめてよ。誰であろうと、碧ちゃんをとられるのは気に入らないんだから」

スリッパを出しながら、茜が気遣うように私を見てくる。

「……お父さんとお母さん、待ってるよ」

そう言われて、思わず身体が強張った。もう一度向き合う覚悟はしてきたけど、やっぱり怖い。緊張する私の右手を茜が握る。

「大丈夫だよ。私はなにがあっても碧ちゃんの味方だから。お母さん、私に弱いし、いざとなったら嘘泣きでもなんでもして認めさせてあげるからね！」

兄と同じことを言う茜に、少しだけ肩の力が抜ける。怜とのことがなかったら、こんなふうに茜と話せることはなかったかもしれない。

「ありがとう、茜。よし、じゃあ……お姉ちゃん頑張るわ」

はあっ、と大きな息を吐いてから、気合を入れてリビングに入る。両親は、私を待ち構えるようにダイニングテーブルについていた。

「ただいま」

「……おかえり。とりあえず、座りなさい」

意外にも普通な態度の母に促(うなが)されて、茜と並んで二人の前に座る。重苦しい沈黙が部屋の中を包み、自然と視線が下がる。

だけど、彼と幸せになるために、私も頑張らなきゃ。

ゆっくりと深呼吸をしてから、顔を上げて父と母を見つめる。

「……先週、東條さんにプロポーズされたの」

そう口にした途端、母の顔が険しくなった。睨(にら)むように見つめてくる母を、負けじと見つめ返す。

今まで面倒だからという理由で、私は母と向き合うことから逃げてきた。どうせ分かってもらえないと諦めて、頑張ることもしなかった。そのツケを払う時がきたんだ。

「出会いこそ茜の身代わりだったけど、私、東條さんと結婚します。彼のことが好きだし、彼も私を好きだと言ってくれたので」

「でも、大和くんは」

前回ハッキリ否定したのに、また同じことを言ってくる母にもう一度否定する。

「大和と、そういう関係だったことは一度もないから。幼なじみで、親友。それは、これからも変わらない。私は、東條さんと結婚します」

「でも、それじゃ茜が……」

「私は、碧ちゃん達のこと応援してるから。お母さんが思ってるほど、もう子供じゃないんだよ。私も碧ちゃんも、自分の人生は自分で決めるから」

茜の言葉に、思わず目を見開く。だが、私以上に母はその発言に衝撃を受けたらしい。目を見開いたままカチンコチンに固まっている。

「私、ずっと碧ちゃんに憧れてたの。なんでもできる碧ちゃんが羨ましくて堪らなかった。だから、お母さんが碧ちゃんじゃなくて私にばかり構ってくれるのが嬉しくて、優越感に浸ってたんだと思う。わがままを言っても許されることが愛されてる証な気がして、いい気になってたの。そのせいで、碧ちゃんがずっと傷ついていたなんて知らなかった」

泣きそうな顔で眉を下げた茜は、お母さんを真っ直ぐ見つめて口を開いた。

「お母さんには、いっぱい心配かけたと思うし、感謝もしてる。でもね、私達の幸せを決めつけないでほしいの」

母が、ハッと息を呑んだのが分かった。茜の横顔は見たことがないくらい凛としていて、私の知っているわがままな妹の顔ではない。

思わぬ成長ぶりに驚いていると、茜が私の方を向いて頭を下げた。

「碧ちゃん、今までわがままばかり言って困らせてごめんなさい」

「……うん。でも、茜だけが悪かったわけじゃないし。腹が立ったこともあったけど、悪いことばかりじゃなかったから……もう、いいよ」

そう、茜だけが悪いわけじゃない。面倒だからと、どうせ分かってもらえないと諦めて、言うことを聞いてきたのは私自身だ。

心のどこかで、茜は可哀想な子——そう思うことで、選ばれない自分を守っていたのかもしれない。

それに、怜に出会えたのは茜のわがままがあったからだ。

嫌で仕方なかったお見合いの替え玉だったけれど、今となってはきっかけをくれた茜に感謝している。

視線を母に戻し、私は姿勢を正して深く頭を下げた。

「お願いします。東條さんとの結婚を認めてください。大好きな人との結婚だから、できればみんなに祝福されたいんです」

結婚は、親の承諾がなくてもできる。

あのパーティーの日までは、私もそう思っていた。だけど、たくさんの人に慕われている怜を見て、私も彼の隣に相応しい、自分自身を誇れる人間になりたいと思った。

結婚は、二人だけのものではないとよく言うけど、本当にそうだ。

みんなに祝福してほしいと思うのは、私のわがままかもしれない。でも、ここで逃げてしまったら、私はきっと後悔する。

沈黙の続く中、じっと頭を下げていると、唐突にインターホンの音が鳴り響いた。

こんな大事な時に誰だ、と思いながら顔を上げると、茜が意味深な笑みを浮かべて玄関に向かって行った。そして……

「こんにちは、突然お邪魔して申し訳ありません」

そう言って、茜とともにリビングに入ってきたのは、急ぎの仕事があると休日出勤をしたはずの怜だった。まさかの人物の登場に、思わず椅子から立ち上がる。

「ど、どうしてここに。仕事があったんじゃ……」

「茜さんから連絡をもらって、急いで仕事を終わらせてきました」

驚く私に、怜はニッコリと満面の笑みを向けてきた。その笑顔に、なぜか背筋がゾクリとする。

あれ……？　もしかして、怒ってる……？　目が笑っていないような気がする。

そう思ったのも一瞬で、次の瞬間にはもういつもの彼に戻っていた。気のせいだったのかと首を傾げているると、彼は両親の方に向き直った。

「ご報告が遅れましたが、先日、正式に碧さんにプロポーズし、了承をいただきました」

そこで、ずっと黙っていた母が口を開く。

「どうしてですか、本来のお見合い相手は茜だったんですよ？」

「本来の見合い相手が誰かは関係ありません。僕は、碧さんを愛しています。生涯の伴侶は、もう彼女以外考えられません」

「そんな……碧が東條さんと結婚なんてしたら、茜がどれだけみじめな思いをするか……。やっぱり認められない、認められないわ。どうして、碧ばかり……」

険しい顔で首を横に振る母に、絶望的な気持ちになった。

結局お母さんは、私が茜より優位に立つことが許せないんだ……

ただ、好きになった人と結婚したいだけなのに、どうして分かってもらえないのだろう。

「お母さんは……茜のことしか大切じゃないんだね。私もお母さんの娘なのに、私の幸せなんて、どうでもいいんだ」

思わず零れた私の言葉に、お母さんがハッとこちらを見上げた。項垂れる私の手を、そっと彼の大きな手が包み込んでくる。

「ご両親が碧さんの幸せを望まなくても、僕が誰より幸せにします。碧さんは、僕にとって何ものにも代えがたい大切な人なので」

「怜……ありがとう。……お父さん、お母さん、今まで育ててくれて、ありがとうございました」

もう、ここに来ることはないのだろうと思いながら二人に向かって頭を下げる。

たとえ、家族と縁を切ることになっても、私は彼と生きていく。そう心に決めて背を向けると、これまでずっと黙っていた父が声を上げた。

「待ちなさい、碧。……もういいだろう、母さん。私達が間違っていたんだ。身体の弱かった茜を優先しすぎて、碧のことをないがしろにしてきたことは事実だ。今更、過去を変えることはできないけど、せめてこれからは、碧の幸せを願って二人を見守ってやろうよ」

「お父さん……」

父に諭（さと）された母と目が合うが、それはすぐに逸（そ）らされた。しばらく、なにかに迷うように視線を揺らしていた母が、小さく息を吐いて怜のことを見た。

「……分かったわ。東條さん……碧――娘を、よろしくお願いします」

両親の言葉に、身体から力が抜けてその場にへたりこむ。

父が、呆然とする私を見て笑い、小さく頷いた。母が私の方を見ることはなかったが、うっすらと目尻に涙が浮かんでいるように見えた。

きっとわだかまりが完全に解けるには、もう少し時間がかかるだろう。それでも、怜との結婚を認めてもらえたことにホッとする。

「頑張ったね、碧ちゃん」

「よかったですね、碧さん」

同時にそう言った怜と茜が、私を挟んで睨み合う。その様子にぷっと噴き出しながら、はあっと息を吐く。

もし、将来、私に子供ができた時は、母には茜の子供と同じようにかわいがって欲しい。

自分の子には、私のような寂しい思いはさせたくないから。

そのためにも、私は今までみたいに諦めず、両親に歩み寄る努力を続けていこうと強く思った。

無事に両親から結婚の許可をもらった私達は、実家を出て怜の運転する車でマンションに戻ってきた。

「仕事は本当に大丈夫なの？」

リビングに入ったところで、前を歩く怜に声をかけた。

「ええ、しっかり終わらせてきましたから大丈夫です。それより、どうして実家に行くことを僕に黙っていたんですか？」

振り返った怜に、じっと見つめられる。

「え、だって……。怜、忙しいし」

「そういう問題じゃありませんよね？　碧さんは、人のことを頼らなすぎます。結婚のことは、二人で相談するべき問題ですよね」

「でも、私と家族のことは怜に関係ないし……」

そう口にした途端、怜の顔が険しくなった。はあっと、ため息をついた彼が、ニッコリと満面の笑みを浮かべる。

実家で一瞬見せたものと同じ表情に、ゾクリと肌が粟立つ。身の危険を感じて後ずさった私の腕が掴まれ、リビングのソファーに押し倒された。

「きゃっ！」

突然の衝撃に小さく悲鳴を上げた私の身体に、笑みを浮かべたままの彼がのしかかってくる。

「そう。関係ない……ねぇ。婚約者を守りたいと思うのは、おかしいかな。まして碧は、結婚について話しに行ったんだろ？　なのに俺は蚊帳の外？」

「そ、そういう意味じゃ……」

「じゃあ、どういう意味？」

低い声で言葉を絞り出す彼が、想像以上に怒っていることに気づく。口調が変わっているのは、怒りからだろう。

なんの反論もできず黙り込んだ私に、怜が再び深いため息をついた。気まずさから彼の方を向けずにいると、彼の手がスルリと服の中に忍び込んでくる。

「ひゃっ、や、ん。なにすっ……んっ」

「なにって、お仕置きだよ。碧は言っても分からないみたいだから、身体に覚えてもらおうかと思って」

不穏すぎるその言葉に驚いて顔を上げると、ネクタイを緩めていた彼がニヤリと不敵な笑みを浮かべた。その目が、完全に据わっている。

「か、身体にって……」

「言葉通りの意味だよ。碧の身体はとても素直で従順だからね、たっぷり時間をかけて教え込んであげる」

「い、嫌っ、明日は仕事……」

「仕事ができる程度には加減してあげるよ。まあ、碧の覚え方次第だけど」

クスリと笑った彼に、本気で身の危険を感じて青くなる。なんだか、とんでもない地雷を踏んでしまったみたいだ。

自分の不用意な言動を呪いながら、必死にシャワーだけ浴びさせて欲しいと訴える。その結果、「俺が洗ってあげる」とあっという間に裸に剥かれてしまった。

「あっ、ちょっと待って……んんっ」

「俺は身体を洗ってあげているだけだよ。シャワーを浴びたいと言ったのは碧だろ？」

ボディーソープを手につけた彼に腹部を撫でられて、くすぐったさに身をよじる。逃げようとするが、後ろからがっちりと抱きしめられて身動きがとれない。

「やっ、洗ってなんて言ってな……あんっ、自分で、洗う……からぁ」

「碧に発言権はない」

泡をまとった彼の手が胸を包み、硬く反応し始めた乳首を人差し指と中指に挟んで、フルフルと揺らされる。

「ひゃあ、ああ、やめてって……」

「ここはやめて欲しくなさそうだよ。ほら、腰が揺れてる」

妖（あや）しい手つきで臀部（でんぶ）を撫でられ、ビクンと身体が揺れてしまう。どうして怜に触れられると、こんなにも感じてしまうのか。

私の意思に反する身体の反応に、複雑な気持ちになる。

「俺は怒っているんだよ。これは、お仕置きだと言っただろう？」

「それは……謝るから、やああっ」

「謝っても許さない。ほら、悪いと思うなら大人しくしてろ」

普段と違う、強い口調に彼の怒りの深さが感じられて、私は為す術もなく彼の手に翻弄される。

「あっ、んんっ……や、あんんっ」

後ろから胸を揉みしだきながら、怜が耳元で囁く。

「ごめんね、泡で滑るから上手く摘まめなくて。すでに硬くなって、コリコリしてるから余計にね」

「あ、あ、わざと……な癖に……あんっ」

泡のついた指で何度も乳首を擦られる度に、隙間からトロリと蜜が溢れてくる。思わず太股を擦り合わせると、それに気がついた彼が脚の間に手を伸ばしてきた。

「やっ、ダメ！」

「ああ、もうこんなに濡れて……。本当に素直な身体だ」

薄い茂みをかき分け割れ目を撫でた彼の指が、敏感な場所を掠めていく。

「ああっ、は、う……やんん」

「ここも、硬くなってきてるな」

「ああ、はあっ、そこ、ダメェ……」

ぷっくりと膨らんだ花芯をコリコリと弄られて、膝から崩れ落ちそうになる。

力の抜けた私の身体を怜がしっかりと支えてくれた。彼はそのままバスチェアに座り、自分の膝の上に私を座らせる。

そうして大きく脚を開かされ、蜜の溢れる膣口にツプリと指を突き立てられた。

「あんんっ」

「もう、ヌルヌル。ほら、碧、正面を見て」

「え？　あっ、やあっ、恥ずかし……」

目の前の鏡に、裸で抱き合う私と彼の姿が映っていた。それも、自分では見たことのないような場所に、彼の指が出し入れされている様子が目に入って、私は思わず目を背ける。

「目、逸らすな。ちゃんと見て。ほら、碧のここ、ピンク色で綺麗だろ？」

そう言って、中を強く掻き回された。自分の喘ぎ声と、グチュグチュという粘着質な水音がバスルームに反響する。怜の指が動く度に、掻き出される愛液とボディーソープの泡が混ざり合う。その様子に羞恥心を煽られて、身体がカアッと熱くなった。

「すごいな、洗っても洗っても溢れてくる」

「ああっ、もう……んぅ、やっ、やだぁ」

「まだ、ダメ。ほら、見て。ここがヒクヒクしてる」

そう言われて鏡を見ると、彼の指が埋まったそこがピクピクと収縮している。それを見て更に溢れた蜜が彼の腿に垂れていく。

「やあ、怜……も、無理ぃ。おねが……許して……」

甘えるように彼の首に擦り寄ると、彼の唇が嬉しそうに綻んだ。私を見下ろす彼の瞳は、恍惚とした光を宿している。

「ああ、かわいい……。碧に甘えられるのはホント堪らない。こうやって素直になってくれるのは、今のところベッドの中だけだからな」

「そん、なこと……あ、はあっ」

「あるだろう？　なんでも一人で解決しようとして」

シャワーで泡を洗い流した彼が、再び右手の人差し指と中指を膣に突き入れて弱い部分を擦り上げた。

「ひゃあっ！　ああっ、それ、ダメェ……」

「ふふ、ここを同時にされると弱いよね。中、すごく熱くなってる。ここも、こんなにぷっくり腫れて……かわいい」

そう言って、中と同時に敏感な芽を刺激され、あっという間に追い詰められる。快感が足元からせり上がって来て、身体の奥が甘く疼いた。

だけど、快感が弾ける寸前、彼は指の動きを止めてしまう。

「……え？」

どうしたのかと鏡越しに怜を見ると、彼は意地悪な笑みを浮かべて私のことを見つめていた。

「どうしたい？　もっとして欲しいの？」

「あっ、んんっ」

再び中の最も敏感な部分を刺激されるが、彼はそれ以上することなく再び動きを止めてしまう。

「あっ、やっ……意地悪、しないでっ」

ギリギリまで追い詰められた身体が熱くて堪らない。早くこの熱をなんとかして欲しくて、すがるように鏡の中の彼を見つめる。

「……いやらしい顔だな」

鏡の中の自分は、目が潤み顔をピンク色に上気させて、物欲しそうに口を半開きにしている。

その口へ、彼の左手の人差し指が入ってきた。そして私の唾液で濡れた指を、彼は左胸の突起へヌルヌルと擦り付けてくる。

同時に膣を二本の指で掻き回されて、ビクンと身体が揺れた。お腹の裏を指の腹で激しく擦られて、一際大きな水音がバスルームに響く。

汗が噴き出て、奥からなにかが溢れてくるような感覚にガクガクと太股が痙攣する。

「ああんっ、ああ……も、無理ぃ、ダメ、ダメェ、指、抜いてぇ」

涙を流しながらフルフルと首を横に振ると、彼が指の動きを緩めてくれた。限界まで押し上げられ、はあはあと肩で荒い呼吸をする私の耳を、彼に甘噛みされる。

「……ああっ！」

「イキたい？　なら、ちゃんとおねだりして」

弱い部分をゆっくりと刺激されて、身体がビクビクと跳ねる。快感でドロドロに蕩けた頭は上手く働かなくて、とにかくこの熱をなんとかしたい一心で彼に懇願する。

「ああ、怜っ、もうイカせて……熱くて、おかしくなっちゃうからぁ、中、いっぱい掻き回して、お願いっ」

腰をくねらせながら彼の首筋に頬を擦り寄せると、鏡の中の彼が満足げに微笑んでこめかみにキスをした。

「よく言えました」

そう言った彼が、膣の中に埋まった指を激しく抜き差しし始めた。奥底に溜まっていた快感の渦が一気に膨れ上がってきて、彼の膝の上でビクビクと震える。

「ああ、すごい。熱くて……中が蠢いてる」

「んん、うう……はあ、怜、怜」

「碧、かわいい……このまま、指でイッて」

「ああっ、ひ、やっ、あああっ！」

焦らされたせいなのか、感じたことのない強烈な快感が全身を包み、溢れた愛液がポタポタとバスルームの床に滴り落ちる。

「はっ、あっ……」

「とってもかわいいよ、碧。今度は、俺の番ね」

「ふ、あ？」

彼に促されてフラフラしながらも立ち上がると、壁に両手をつかされる。なにがなんだか分からないうちに、熱くて硬いなにかが脚の間に押し付けられた。

「あつっ……んん、やっ、な、に？」

「碧、このまま挿れていい？」

そう言われて、割れ目に擦りつけられている熱いものが彼自身だと気づく。

「このままっ、て……？」

「なにもつけずに、碧の中に入りたい」

「え、あっ……あ、やんっ」

達したばかりで敏感になっている場所に熱い塊をグイグイと押し当てられ、無意識に腰が揺れてしまう。

「ふふ、誘ってるみたいだ。ね、いい？」

屹立を膣口に宛てがい、彼の先端がツプリと中に埋まってきた。そこで、ようやく彼がなにを言っていたのかを理解した私は、慌ててブンブンと首を横に振る。

「やっ、それはダメ！」

「結婚するのにどうして？　碧は俺との子供が欲しくないの？」

腰を揺らしながら、彼がゆっくりと中に入ってくる。彼の熱を直に感じて喜ぶように肉壁がヒクつくのが自分でも分かった。

「ああっ、欲しい。欲しい……けど、今は、ダメ……。ちゃんと、してから……じゃないと、ダメェ」

「……欲しいとは思ってくれてる？」

「思ってる……思ってるけど、今は……。ちゃんと、結婚、してからじゃなきゃ、嫌ぁ」

振り返ってそう必死に訴えると、怜は困ったように眉を寄せて半分ほど中に埋まっていた自身を引き抜いた。

「碧のそういう真面目なところが好きだよ。仕方ない、今は我慢しよう」

そう言った彼が、シャンプーを置いてある棚から見覚えのある銀色のパッケージを取り出した。ピリッと袋を破く音を聞きながら、最初からちゃんと避妊をするつもりだったのかとホッとする。

一言文句を言おうと彼を睨んだ瞬間、一気に彼が私の中に押し入ってきた。

「ひゃあぁぁんっ！　あっ、や、ひど……意地悪っ、ああっ」

「本当なら、こんなものつけたくない。俺は、君との子供なら何人でも欲しいから」

その言葉が嬉しくて、肉壁がぎゅっと彼のものを締め付ける。背後でなにかに耐えるように小さくうめいた彼が、ふっと微笑んだ。

「碧の身体は、本当に素直だ。そんな反応をされたら、張り切ってしまうな」

「ひあっ、あっ、……やっ、はげし……」

腰をグッと掴まれたかと思ったら、いきなり奥をガツガツ突かれる。互いの肌がぶつかる音と私の喘ぎ声がバスルームに反響して、いっそう羞恥心を煽られる。

「見て、碧。すごいいい眺め」

「はっ、あ……？」

左脚を抱え上げられて、鏡越しに目が合った彼の視線を追う。そこには、怜と繋がった場所が丸見えになっていた。

彼が腰を動かす度に、愛液がグチュリと音を立てて泡立つ。その様子を見て私の中がヒクつき、新たな蜜が溢れて太股に垂れていく。

「ここも、すごく膨らんでコリコリだ」

「ああんっ、あっ、ダ……メ、怜……それ、ダメェ……」

充血して腫れたそこを右手の人差し指で弄られて、ガクガクと太股が震える。崩れ落ちそうな身体をしっかり支えられ、彼が更に追い詰めるように奥を突き上げた。

「ダメ、じゃなくて、いい、だろ？　ほら、ちゃんと言って」

「ああぁっ、いい、気持ちいい、ひあぁっ、も、怜、イク、も、イクからぁ」

「……っ、いいよ、イッて。……くっ、俺もっ！　……愛してる、愛してるよ、碧っ！」

「あっ、あっ、私も……怜、好き、好きぃっ……」

彼が私の首元に噛みつき歯を立てた瞬間、せり上がってきた快感が一気に身体を突き抜けた。低いうめき声とともに、彼もほぼ同時に達したのが分かる。

鏡越しに彼を見ると、切なげに眉を寄せて熱い吐息を漏らしていた。私の中で達してくれたことになんとも言えない満足感が込み上げて、また中がヒクヒクと疼く。

「んっ……なに？　まだ足りないの？」

私の反応に呼応するように、ピクリと身体を震わせた怜がニヤリと笑った。

「あ、あん……っ、やあぁっ」

ズルリと自身を引き抜いた彼が、再び指を入れて中を掻き回してくる。その刺激に、たちまちビクビクと従順な反応をする私を見て、彼がクスリと笑みを零した。

「碧のここは、まだまだ愛され足りないって言ってるよ。ほら、いやらしい液が溢れてきた」

「あ、だって……」

怜がそこを掻き回す度に、ピチャピチャという水音が響き、太股を愛液が伝い落ちていく。

「ベッド、行こうか」

「うん……」

コクリと頷いた私を抱き上げた怜に、そのまま寝室へ連れて行かれた。

彼の言う通り、私の身体は、もっともっとと貪欲に彼を求めている。本当に、身も心も彼なしでは生きていけないようになってしまった。

でも、それを後悔していない。できれば、彼も同じようになってくれればいいのにと思う。

そんな気持ちで見上げると、目を細めた彼が顔を近づけてきた。彼の首に手を回し、自分から唇を重ねる。

「ごめんね、怜。私……できることは、自分で頑張りたいと思ったの。関係ないなんて……ひどいこと言ってごめんなさい」

「碧のそういうところも好きだよ。だけど、これからは、もっと俺に甘えてほしい。俺達は夫婦になるんだから、どんな小さなことでもちゃんと相談して」

「……うん。ずっと……傍にいてくれる？」

「もちろん。一生、離さないよ」

「……怜、大好き」

ふいに〝好き〟と言いたくなってそう口にすると、怜はとても嬉しそうに、少し照れくさそうに微笑んだ。ベッドに下ろされ、正面から抱き合う。

「俺も……愛してるよ、碧。やっぱり、今すぐ子供を作ろうか？」

「ダ、ダメ！　もう、バカ」

彼の肩を叩く私に、彼は声を上げて笑った。この笑顔を、ずっと傍で見つめていたい。そう思いながら、キスを求める彼に応（こた）えるべくそっと目を閉じた。

夢か、愛か

「使用感どう？」

「うーん、まだ少しベタつきが気になりますかね……。もうちょっと、サラッと仕上げたいですよね。数値的には、いい感じなんですけど」

「それが永遠の課題だよな。……よし、とりあえず一旦昼休みにしよう。午後から、また配合の調整を再開する」

リーダーの三上さんの声に、開発部のメンバー達が一斉に立ち上がった。

年が明けた一月某日。

私達は毎年発売している日焼け止めシリーズの最終調整を行（おこな）っていた。

日焼け止めは、天然由来の成分だけで作ると使用感をよくするのが難しく、毎回、試行錯誤を繰り返すことになる。昨年、発売した商品は自然素材を使いながら使用感がよく、かなり好評だった。

今年はそれに美白効果をプラスして発売することになった。実はこれ、私が企画したもので、ここ最近はメンバーと一緒に理想の使用感に近付けるよう細かい調整を続けているのだった。

私もお昼にするべく椅子から立ち上がり、背伸びをして腰をさする。すると、隣でマイペースに書類を片付けていた大和がニヤついた顔で私をじっと見つめてきた。

「……なに？」

「いや、御曹司様って、夜が激しいのかなーって思って」

「な⁉　それ、セ、セクハラだから！」

「だって、この前先輩達も言ってたけどさ、碧、色っぽくなったぞ。今日は随分お疲れの様子だけど、お肌ツヤツヤだし」

そう言われて、思わず自分の頬を手で撫でる。実のところ、彼とそういうことをするようになってから、他の人にも肌が綺麗になったと褒（ほ）められた。

特にスキンケアを変えたわけではないから、やはり彼のおかげで女性ホルモンの働きが活発になっているということだろう。今朝も、やたら化粧ノリが良くて、自分でもビックリするくらいだった。

昨夜、今日からまた二週間の海外出張に旅立つ彼に長い時間をかけて抱かれ、寝不足気味にもかかわらず、だ。

普段は紳士的で優しい彼だが、エッチの時はSになる。そのスイッチがどこにあるかいまだに分からず、うっかり押してしまうと大変な目に遭うわけなのだが。

だけど、それが嫌じゃないということは、私ってもしかして……ダメだ、これ以上、考えるのはやめよう。

怜との結婚も正式に決まり、最近では素直に甘えられるようになってきたと思う。

相変わらずお互いに仕事が忙しいけど、怜はできる限り私との時間を作ってくれる。私の作った料理をおいしいと言って食べてくれたり、他愛ない色々なことを二人で話したり。そんななんでもない時間を、とても幸せに感じる。

プライベートの充実が仕事にもいい影響を与えているようで、先日出したアイカラーとリップの企画も通った。

我ながら、絶好調だと思う。

「上手くいっているみたいで、なによりだよ。結婚の話、進んでるんだろ？」

「うん。怜が出張から帰ってきたら、結婚式の日程とか決めることになってる」

「なんだかんだあったけど、良かったな。……茜は、いまだにぶつくさ言ってるけどな」

「はは、そうだね」

「相変わらずシスコンこじらせてるよな。……まあ、半分くらいは俺のせいだけど」

「は？　なにそれ」

「……いや、なんでもない」

珍しく歯切れの悪い大和に首を捻（ひね）っていると、会議室の扉がノックされ、お昼に行ったはずの先輩がひょこっと顔を出した。

「お二人さん、社長から内線で呼び出し。社長室に来るようにってよ」

「え？　あ、分かりました。ありがとうございます」

わざわざ伝えに来てくれた先輩にお礼を言うと、隣で大和が小さくため息をついた。

「行きたくねぇな。厄介なこととか言い出さなきゃいいけど」

「え、なに？　なんの話されるの？」

「分からん。だが、嫌な予感がする」

「え、ちょっと……怖いんだけど」

「俺も怖い。……まあ、とりあえず行くか」

うんざりした顔で深いため息をついた大和と一緒に、会議室を出て社長室に向かう。

どうか、面倒事じゃありませんように……。そう願いながら扉をノックすると、中から社長の声がした。

「どうぞ」

「失礼します」

扉を開けて中に入ると、社長が満面の笑みで私達を迎えた。上機嫌すぎるその様子が、なぜだかとても恐ろしくて、思わず後ずさってしまう。

大和も同じことを思ったのか、顔がひきつっている。

「悪いわね、お昼休みに。UVケアシリーズの開発は順調かしら」

「は、はい。ほぼ製品としては完成しているので、今は細かい使用感の調整をしています。近々、社長に試作品を提出できるかと」

「そう、うちの開発部は本当に優秀だから、期待しているわ。碧ちゃんも、いい企画を出してくれるようになったし、今後が楽しみだわ。それでね……」

きた、本題はここからだ。思わずゴクリと生唾を呑み込むと、社長はふっと微笑んだ。

「そんなに身構えなくても大丈夫よ。あなた達にとっても悪い話じゃないから。実はね、フランスのオーガニックコスメブランドとの提携が決まったの」

「え……もしかして、前から言っていたところとですか？」

「ええ、そうよ」

以前から、そういう話が出ていたことは知っていたが、どうやらそれがまとまったらしい。

まだ日本未発売のブランドだから、きっと大きな話題になるだろう。社長が上機嫌になるのも、これが理由なら納得だ。

「すごい、おめでとうございます！」

「ありがとう。この提携は、うちにとって大きな転機になるわ。それでね、先方から優秀な社員を二年間、研修を兼ねて派遣してくれないかと打診されたの」

そう言った社長が、私と大和を見てニッコリと微笑んだ。その表情に、私の心臓の動きが速くなる。

「私は、碧ちゃんと大和を推薦したいと思っているの。提携先のブランドが、自社でハーブ園や果実園を運営しながら自社製品を製造していることは知っているわね。今回の研修は、必ずあなた達の将来に役立つわ。大和には、この会社の後継者としての成長を期待しているし、碧ちゃんには独立した後も大和を支えてほしいと思っているの」

「……碧が結婚すること、知ってるよな？」

「もちろん。年末に報告を受けたから、知っているわ」

母に結婚を認めてもらった後、怜とのことを社長に報告していた。その時は、「おめでとう」と笑顔で祝福してくれていたのに、どうして今こんな話をしてくるのだろう……

「でも、まだ式の日程は決まっていないんでしょう？　結婚は遅らせることもできるけど、今回のようなチャンスは二度とないわ。碧ちゃん、聞いてる？」

突然の話に混乱し、呆然としていた私は、その声にビクッとして顔を上げる。私と目が合うと、社長は悠然と微笑んだ。

「碧ちゃんの夢の実現にとっても、今回の研修は大いに役立つと思うわ」

社長の言葉に、視線が揺れる。私の動揺を見透かしたように、社長が追い打ちをかけてきた。

「あなたの将来の夢のことを先方に話したら、未来ある若者の夢を応援したいと言ってくださっているの。夢の実現についても、サポートしてくださるそうよ。こんないい話はないわ。あなたは賢い子だから、自分がなにを選ぶべきか分かるわよね？」

「おい、そんな言い方は卑怯だろ」

社長は、私が断るわけはないと思っているようだ。なにも言えずにいる私を見かねたのか、大和が庇うように一歩前に踏み出した。

「私は、あなた達の将来のことを思って提案しているのよ。どの道、好きな女の夢を応援できない男となんて長続きしないわ。恋なんていう一時の感情で、今までのキャリアを無駄にするなんてもったいないでしょう？」

「碧を自分と一緒にするなよ。結婚でキャリアが無駄になるかは、本人の努力次第だろ。俺は、一番近くでこいつの仕事ぶりを見てきたから、碧なら絶対大丈夫だと思ってる」

「大和……」

幼なじみの思いがけない言葉に、胸の奥が熱くなる。泣きそうな私を、社長の鋭い視線が射貫いた。

「あなたがどれだけ頑張ってきたか、私もよく知っているわ。だからこそ、本当にいいの？　こんなチャンス二度とないわよ。そのチャンスを棒に振るほど、彼との結婚に価値はあるのかしら？　夢も恋もなんて、現実はそう甘くないのよ」

幼い頃から、何度も聞いてきたその言葉。母に褒められることのなかった私にとって、この人は初めて自分を褒めて認めてくれた人だった。

進学のこともまず最初に社長へ相談したし、今の夢を与えてくれた恩人でもある。

昔、恋人と別れて夢を選んだ私を、社長は間違っていないと励まし肯定してくれた。

だけど、今は……

怜を失いたくない。私だって、生涯の伴侶は彼以外に考えられなかった。だけど、社長の言う通り、こんなにも恵まれた環境で学べる機会は二度とないだろう。

怜か、夢か――

今の私に、そのどちらかを選ぶことなんてできない。彼と離れることなんて考えられないけれど、夢を諦めることもできなくて……

怜も将来の夢も、私にとってはどちらも大切で、かけがえのないものなのだ。

「私……は……」

「分かるわ。すぐに答えが出せないのね。……ねえ、碧ちゃん、あなた全然有休を使ってないわよね。今日は金曜だし、いい機会だから、来週一週間ほど会社を休んでよく考えたらいいわ。自分の将来のために、自分がどうするべきかを」

「……はい」

「碧ちゃん、いい返事を期待しているわよ」

顔を上げると、社長が笑みを浮かべて私を見つめている。だけど、その目はちっとも笑っていなかった。

逃げるように社長室を出ると、私の顔を見た大和がぎょっとしたように目を見開く。

「お前、なんて顔してるんだよ」

「……え？」

「顔面真っ青。今にも倒れそうな顔してるぞ。大丈夫か？」

心配そうに私の顔を覗き込んでくる大和に、コクリと小さく頷く。

「母さんが言ったこと、気にする必要ないからな。お前はお前の選んだ道を歩けばいい」

その言葉に頷きながらも、私は大きなショックを受けていた。それは……

「……私、迷っちゃった。怜のことがすごく好きなのに、離れたくなんてないのに。またとないチャンスに、気持ちが揺れちゃった……」

「碧……」

泣きそうになるのを、必死に堪える。ここが会社だということが、私の涙をギリギリで止めていた。

暴れ出しそうな感情を抑えるために、はあっと大きく息を吐き出し、自嘲的な笑みを浮かべる。

「私、薄情だよね。迷わず怜を選べないんだもん。どうしてこうなんだろう……。もしかしたら、結婚に向いていないのかも」

「そんなことない！　迷うのは当然だろ。ずっと、夢を叶えるために頑張ってきたんだから。それに俺は、夢と結婚、どちらかを選ぶ必要なんてないと思うぞ。御曹司様は、そんなに器の小さな男じゃないだろ？」

「そう……なのかな。夢のために結婚を待って欲しいなんて言ったら、彼はどう思う？　裏切られたと思わない？　なにより私……咄嗟に迷ってしまった自分が許せないの」

結局は、そこなのだ。社長の言葉に気持ちが揺れてしまった自分に、罪悪感を覚えている。

怜と離れることなんて考えられないと思っていたはずなのに、このチャンスを逃したくないと思ってしまった。

こんな私に、彼の傍にいる資格があるのだろうか……

「東條さん、いつ帰ってくるんだ？」

「二週間後」

「こんな時に限って、長いな。でも、しっかり相談しろよ。きちんと自分の気持ちを話すべきだ。傍にいなくても、電話でもなんでもできるだろ？」

「……無理。仕事で忙しいだろうし。なにより、話すのが怖い……。だって、私……私……」

「おい、あんまり思い詰めるなよ。とにかく、ちゃんと東條さんに相談しろ。いい機会だから、仕事休んで少しゆっくりしろよ。ちょうど、開発も一段落するところだし」

「でも……」

「今の状況じゃ、いい仕事なんてできないだろ。社長直々に休めって言われたんだし。まあ、原因作ったのその社長だけどな。あの、ババア……。なに考えてるんだか」

苛立たしげに舌打ちをした大和が、私の肩を励ますように叩く。それに曖昧に頷きながら、今朝、『離れたくない』と言って私を抱きしめてくれた怜のぬくもりを思い出していた。

「じゃあな、ちゃんと東條さんと話し合えよ」

「……うん、分かった。わざわざありがとう」

心配そうな顔で車を発進させた大和を見送り、マンションの中に入る。

あの後、無事に日焼け止めの試作品を完成させ、私は一週間の有休を取得することになった。

今日はたまたま車で出勤していた大和が、『ひどい顔をしているから、一人で帰すのが心配だ』と家まで送ってくれたのだが、そんなにひどい顔をしてるんだろうか。

そう思いながら家の中に入り、玄関にある姿見に映った自分を見て苦笑いする。確かに、自分で見ても顔色が悪い。同僚達に気づかれることはなかったが、さすがに幼なじみの目は誤魔化せなかったようだ。

着替えをしようとクローゼットのある寝室に入ると、ふと彼の香りが鼻腔(びこう)を掠(かす)めた。強い香りを好まない彼が、気に入ってつけている整髪料の爽(さわ)やかな香り。

無性に怜が恋しくなって、目からポロポロと涙が零(こぼ)れた。ほんの十数時間前まで、彼の腕の中にいたのに……

抱き合い、私の中で果てる彼に愛おしさが募(つの)って、これが人を愛するということなんだと思った。

それなのに、どうして私は迷いなく怜を選ぶことができないのだろう。

そんな自分が許せなくて、情けなくて、とめどなく涙が流れる。

「……も、やだ」

止まらない涙をハンカチで拭うと、突然、携帯の着信音が部屋に鳴り響いてビクッと身体が揺れた。電話の相手は怜だ。慌てて深呼吸をして、気持ちを落ち着けてから電話に出る。

「もしもし？」

『……碧さん？　仕事は終わりました？』

「うん、もう家にいるよ。そっちは、今お昼くらい？」

『ええ、今からお昼休憩です。……昨日、あんなに抱いたのに、もう碧さんに触れたくて堪りません』

「なっ！　もう、恥ずかしいこと言わないで」

『本当のことですから。声を聞いたら、余計にそう思いました。……碧さんは、寂しくない？』

彼の言葉に、無理やり止めた涙がまた溢れて、言葉に詰まる。寂しくないわけがない。叶うなら、今すぐ抱きしめて欲しい。

だけど、そんな勝手なことは言えない。迷わず彼を選べなかったことが、彼の気持ちを裏切ったように感じて、胸がズキズキと痛む。

『……碧さん？　泣いているの？』

「ちがっ、泣いてな……」

『嘘。なにか、ありました？　どうして泣いているのですか？』

「ふっ……うぅ……」

隠し切れない嗚咽（おえつ）が口から漏（も）れて、思わず自分の口を手で塞（ふさ）ぐ。だけど、そんなことをしたところで隠しきれるはずもない。

『碧さん、ちゃんと話して。なんでも話すって、約束しましたよね？』

優しい彼の声に、胸が張り裂けそうに痛む。こんなふうに心配してもらう資格なんて、私にはない。

「わ、私……怜と、結婚……できない」

消えない罪悪感と痛みに涙を零（こぼ）しながら、私はそう口にしていた。電話の向こうで息を呑む気配がする。しばらく沈黙していた怜が、小さくため息をついた。

『……どういうことですか？　僕のことが嫌いになりました』

「そんなことない。でも、無理なの。ごめん、もう……怜と、いられない」

『それで納得できるわけがないでしょう。碧さんは、本気で僕と別れたいと思っているんですか？』

そんなわけがない、別れたくなんてない。これからの人生をともに過ごして、一緒に年をとっていきたい。だけど、幼い頃から見続けていた夢を捨てることもできないのだ。

『愛と夢、どちらもなんて無理よ。世の中はそんなに甘くない。夢を叶えるには、なにかを犠牲にしなくてはいけないの』

かつて社長に言われた言葉が、脳裏に甦る。

どちらも大切で、どちらかを選ぶことなんてできない。そんなわがままな私が、彼の傍にいていいのだろうか。いや、私自身がそれを許すことができない。

やっぱり、社長の言う通り……夢も恋愛もなんて無理なんだ。

色々な感情がぐちゃぐちゃに入りまじって、言葉が出てこない。泣きながらなにも言えずにいると、電話の向こうで怜を呼ぶ声が聞こえた。一瞬で、私の頭が冷える。

「ご、ごめ……仕事中なのに……ごめんなさい。本当に、ごめん……」

『ちょっと、待ってください。僕は……』

彼の言葉を最後まで聞かずに電話を切って、そのまま携帯の電源を落とした。

「うっ……ふえっ……れ、い……怜……」

痛い、胸が痛い。苦しくて堪らなくて、堰を切ったように涙が溢れ、床にポタポタと落ちていく。

「やだよ、別れたくないよ。なんで、こうなっちゃったかなぁ……好きなのに、こんなに、好きなのに。どうして、私はっ……」

替え玉で行ったはずのお見合いで出会い、最初の印象は最悪だったのに、知れば知るほど彼を好きになった。

仕事に真面目なところが好き。人との繋がりを大事にしているところが好き。素直なところが好き。意外と照れ屋なところが好き。

私を見つめる時に甘くなる瞳も、優しく名前を呼ぶ声も、私に触れるちょっと意地悪な指先も……全部、全部、愛してる。

怜が大事にしているものを、私も大切にしたい。彼を傷つけるものから守りたい、盾になりたい。

そう思っていたのに……

「怜、ごめ……ごめんなさ……」

誰もいない部屋に、私の泣き声だけが響く。私はそのまま、一人きりの部屋で一晩中泣き続けた。

※　※　※

ツーツーという機械的な電子音の鳴る携帯を見つめ、大きなため息をつく。もう一度彼女の携帯に電話をかけるが、予想通り電源が切られていて繋がらなかった。

「……どうした？　なにかトラブル？」

よほど険しい顔をしていたのか、昼食を外に買いに出ていた拓矢が心配そうに聞いてくる。

「ええ、困ったことになりましたね」

「仕事関係か？」

「いえ、プライベートです」

「プライベートって、長谷川さんに振られたのか？」

冗談めいた口調でそう言った拓矢をジロリと睨むと、驚いた顔で「マジで？」と小さく呟いた。それはこっちのセリフだと思いながら、再びため息をつく。

彼女に電話をかける数分前、とある相手から電話がかかってきた。

『あー、もしもし。草川と申しますが……分かります？　茜と碧の幼なじみの……』

「ええ、もちろん分かりますよ」

一度顔を合わせただけだが、彼女と一番親しい男だ。もちろん、覚えている。恐らく、番号の流出元は彼女の妹だろうが、そこまでして彼が自分とコンタクトをとってきたことに驚いた。

なにか、あったのだろうか。十中八九、いい話ではないだろう……

『仕事中にすみません。今ちょっと大丈夫ですか？』

「ええ、ちょうどこれから昼休憩ですから。どうかしましたか？」

『実は……』

彼の話によると、二人の勤め先の社長である彼の母親が、彼女に海外研修の話を持ちかけたらしい。期間は二年……

結婚の報告をした時は祝福の言葉をもらったと彼女から聞いていた。だがその社長は彼女に、これはチャンスだから結婚を遅らせてでも行くべきだと話したそうだ。

『うちの母親、起業する時に俺の父親から反対されて、それが原因で離婚してるんですよ。だから、夢と恋愛は両立できないと思っている節があって……』

「それで、碧さんもそう思っていると？」

『ほら、碧の家族ってああでしょう？　小さい頃からうちの母親のこと、本当の親みたいに慕ってたんですよね。母にしても、同じ道を志して懐いてくる碧のことをめちゃくちゃかわいがってて。だから、少なからず母の影響を受けてると思うんです』

「なるほど……」

『今回のことは、本当に碧の将来を思って提案したんだと思うんですけど……多分、試してるところもあるのかと』

「試す？」

『結婚した当初、俺の父親も母の夢を応援してくれてたそうなんです。ただ、俺が生まれて、次第に家庭と夢、どちらをとるのかと責められるようになったみたいで。碧には、そんな思いをしてほしくないと思ってるんじゃないかと……』

「そういうことですか。碧さんは、もう家ですか？」

『はい。相当、思い詰めているみたいだったから、ちょっと心配で。いきなり連絡してすみませんでした』

「いえ、助かりました。こちらこそ、ありがとうございます」

『東條さんとは、末永ーいお付き合いになりそうですからね。碧のこと、よろしくお願いします』

電話を切った後、すぐに彼女へ電話をする。

その時の俺は、彼女が今日の出来事について相談してくれると思っていた。

だが、告げられたのは別れの言葉。理由も言わずに、『ごめんなさい、結婚できない』と一方的に電話を切られてしまう。

草川氏の言っていることは、どうやら本当らしい。夢と恋愛……彼女はどちらかを選ばなければいけないと思っている。

どちらかを諦める必要なんてない。彼女のためなら、どんな願いでも叶えてみせる。

問題は、彼女が俺を信じきれていないことか。

出会ってからまだ三ヶ月。それも仕方がないのかもしれないが、悩みを話してもらえなかったのは、ショックだった。

家庭環境からなのだろう、人に甘えることを知らない彼女。これまで、できる限り甘やかし蕩けさせて、少しずつ彼女が変わってきたのを感じていたが……まだ足りなかったらしい。

彼女は今、どんな気持ちでいるのだろう。きっと、一人で泣いているに違いない。

今すぐ飛んでいって抱きしめたいが、ここは日本から遠く離れたドイツ。仕事を放り投げるわけにもいかないから、今すぐは動けない。

だが……

「拓矢、すみませんがスケジュールの調整をお願いします。できるだけ早く、日本に戻らなければならなくなりました」

「分かった。先方と交渉しておく」

真剣な顔で頷き、すぐに行動を開始してくれる頼もしい秘書の背中を見つめながら、大きなため息をつく。

「あの話……やはり、こちらに来る前にしておくべきだったか……」

少し前から、彼女に話すかどうか迷っていた話がある。それをしなかったことを後悔する。

正直なことを言えば、その話を聞いた彼女が、どんな選択をするのかが怖かった。

だが、今回のことで腹は決まった。

結婚を待つつもりはない。彼女の夢も、俺が叶えさせてみせる。

「彼女の母親がラスボスだと思っていたら、とんだ伏兵が現れたものだ……」

とりあえず、今は仕事だ。俺は一刻も早くやるべきことを片付けるため、頭をビジネスモードに切り替えた。

※　※　※

朝八時。兄の家のキッチンでフライパンを洗っていると、元気のいい足音とともに、甥（おい）の遥人（はると）がキッチンに駆け込んでくる。

「ごちそうさまでしたー！　あおちゃん、お茶碗ここに置くねー」

「うん、ありがとう。今日もいっぱい食べてくれたね」

タオルで手を拭（ふ）いて頭を撫でると、遥人は嬉しそうに笑って私の脚に抱きついてくる。

「あおちゃんのご飯、おいしいもん。今日の夜ご飯はなにー？」

「今日はね、ママにリクエストされたからシチューだよ」

「やったー！　俺、シチュー大好き」

「優衣も好きー！　あおちゃん、優衣もご飯全部食べたよ」

「おー、えらいえらい」

後を追いかけるようにキッチンに入ってきた姪のことも頭を撫でながら褒めると、愛らしい笑顔で反対の脚に抱きついてきた。

ああ、かわいい……癒される。

だが、いつまでもこうしてはいられない。そろそろ送り出さないと、学校に遅刻してしまう。

「じゃあ、シチュー作っておくからね、頑張って学校行ってきて」

「はーい、行ってきまーす」

「行ってきまーす」

「行ってらっしゃい」

ランドセルを背負い、バタバタと家を出ていく甥と姪を手を振って送り出す。子供がいると、毎日こんなに慌ただしいんだなと思いながら家の中に入る。ちょうど、寝癖をつけた兄がネクタイを締めながら顔を出した。

「悪いな、碧。本当、助かるわ」

ダイニングテーブルに、兄の朝食を用意する。義姉は早出のため、すでに家を出ていた。

「お世話になってるんだから、このくらい当然だよ。二人ともかわいいし、こっちが癒されるくらい」

本当にそうだ。あの二人の無邪気さに、どれだけ救われているか分からない。

あれから私は、彼と暮らしていたマンションに一人でいることが耐え切れず、兄夫婦の暮らす九州に来ていた。

ここで兄は、自然エネルギーの研究所で研究員として働き、看護師をしている義姉とともに、小学三年生の遥人と一年生の優衣を育てている。

突然訪ねたにもかかわらず、快く私を迎え入れてくれた兄夫婦には感謝しかない。休暇の残りはあと三日。明後日には東京に戻らなければならない。

テーブルについた兄が、コーヒーを飲みながらこちらを見つめてきた。

「それで、相変わらず婚約者の彼とはまったく連絡を取ってないのか？」

ここに来た時、兄には簡単に事情を話していた。けれど、今日までなにも言ってこなかった。そんな兄の突然の言葉に驚き、コクリと頷く。

「うん……。携帯の電源、切ったままだし。それに、別れるって言っちゃったから」

「それ、相手は納得してるのか？」

「してない……と思う」

「……そうか。そろそろ碧も、現実逃避してないで先のことを考えないとな。逃げるのは簡単だけど、向き合わなきゃいけない日が必ずくるから」

兄の言葉が胸に刺さる。正論すぎて黙り込む私に、兄はふっと表情を緩めた。

「碧は、もっとわがままになってもいいと思うぞ。もう少し自分の気持ちに素直になれ」

「……うん。ありがとう、お兄ちゃん」

「かわいい妹だからな、心配で仕方ないんだよ。……今日もいつものところに散歩に行くのか？」

「うん。あの場所、すっかり気に入っちゃったから」

兄の家から十分ほど歩くと、海に出る。

毎日家事を終えた後、その海岸を散歩するのが日課となっていた。

「……そうか、気をつけて行けよ」

身支度を整えて、仕事に出かける兄を見送り、一人きりになる。

一人になると、彼の顔が頭の中に浮かんできた。彼は、今どうしているだろう。自分から別れると言っておきながら、怜に会いたくて堪らない。

目尻に浮かんだ涙を乱暴に拭って、私は大きく背伸びをした。

「さ、今日もやろう」

そう独り言を呟いて、洗濯機の中の洗い物を取りに行く。身体を動かしていれば余計なことを考えずに済む。こっちに来てから毎日、せっせと家事に勤しんでいた。義姉も喜んでくれるし、掃除、洗濯、料理とやることはたくさんある。

きっとこれも、兄の言うところの『現実逃避』なのだろう。

洗濯物を干して、もうほとんどするところのない掃除をすると、あっという間にお昼になった。

適当に昼食を済ませたら、夕飯の準備を始める。

今日は煮込み料理だから、さっさと作ってしまうことにした。

にんじんやじゃがいもなど、シチューの材料を切りながら、そういえば怜も私の作るシチューが好きだったなと思い出す。ルーを使わないシチューに感動して、お代わりまでしてくれたっけ。

『おいしい』と笑う怜の顔が脳裏に浮かび、涙が出そうになる。私は慌てて首を横に振って、頭から怜の笑顔を追い出した。

こんなふうに、ふとした瞬間に彼を思い出しては、泣きそうになる。

兄に言われた通り、そろそろ怜としっかり向き合わなければならないだろう。

彼が出張先のドイツから戻ってくるまで、あと一週間。

今更、『別れる』という言葉を、撤回するなんて虫のいいことを言えるはずもない。

あと一週間で、彼とサヨナラする覚悟を決めなければ……

「……そんなこと、本当にできるのかな。あーもう、東京に戻りたくない。いっそのこと、仕事を辞めてこっちで暮らそうかな」

ああ、それって名案かもしれない。

またも、兄に現実逃避だと怒られそうなことを考えながら、シチューを作り終えた。そのままバスルームに向かい、シャワーを浴びがてら浴槽の掃除を終えて外に出る。

日課となった散歩をしつつ、海岸に向かう。

キラキラと輝く水面が夕陽でオレンジ色に染まっていく景色は、遠くに見える船と相まって、一枚の絵画のような美しさだった。都会では見ることのできない絶景を眺め、はあっと感嘆の息を吐く。

真っ白な息が空に上っていく様子を見ながら、これからのことを考える。

仕事を辞めて、本気でこちらに移り住むのもありかもしれない。

今の私は、仕事を選ぶことも、怜を選ぶこともできないだろう。どちらをとっても、きっと自分を許せない。これが、二兎を追うものは一兎をも得ずというやつなのかもしれないな。

怜が帰ってきたら、今後のことを話し合わなければならない。

その時私は、彼の顔を見て別れを告げられるだろうか。

彼を傷つけたくないと、守りたいと思っていたのに、彼を選べない弱い自分に腹が立つ。

ポロリと零れた涙を拭うと、海風に乗って微かに彼の香りがした気がした。

彼のことを考えすぎて香りを感じるとか、なんて自分は未練がましいんだろう。苦笑を漏らして一歩踏み出すと、突然、誰かに後ろから抱きしめられた。

「……捕まえた」

耳元で聞こえた声に、心臓が早鐘を打ち始める。大好きな彼の香りが、私の全身を包み込む。

突然のことに反応ができず、硬直する私を逞しい腕がきつく抱きしめてきた。

「碧、碧……」

苦しげに掠れた声で私の名前を呼ぶのは、間違いなくここにいるはずのない人。背後から伸びてきた手が私の顎を掴み、強引に後ろを振り向かされた。

一週間ぶりに見る愛しい人の顔に、胸が詰まって声が震えた。

「……どうして、ここに……。帰国は、一週間後じゃ……」

「茜さんと草川さんに居場所を聞いて、急いで仕事を終わらせてきました」

夕陽の中、切なげに眉を寄せて私を見つめる彼の顔には、疲労が色濃く浮かんでいる。私のせいで無理をさせてしまったのだと思い、胸がズキリと痛んだ。思わず彼の頬に手を伸ばしそうになり、慌てて引っ込める。

視線を揺らす私に、彼が小さくため息をついて身体を離した。そのまま腕を掴まれる。

「本当にあなたは……。行きますよ」

「え？　ま、待って、どこに行くの？」

「落ち着いて話ができる場所へ。お兄さんには、事前に話を通してあります」

それを聞いて、今朝の兄の言葉は彼が来ることを知っていたからなのだと悟る。恐らく、茜を通して連絡を取り合っていたのだろう。

その前に自分の考えをまとめておけということだったのかもしれないが、遠回しすぎてまったく伝わっていなかった。

まあ、彼が来ると分かっていたら、きっと逃げ出していたと思うけど……

ガッチリと腕を掴まれて、近くに待たせていたらしいタクシーに押し込まれる。

ここまで来たら、さすがにもう逃げ場はないと観念した。

お互い無言のままタクシーに乗っていると、高級そうなホテルの部屋に連れ込まれる。

気づくと、大きなベッドに押し倒されていた。

慌てて起き上がろうとするが、両腕をシーツに押さえつけられ覆いかぶさられる。

すごく乱暴なのに、久しぶりの彼の体温に身体が熱を持ち始めた。

ああ、こんなにも私は、彼のことを求めていたんだ。

ハッキリとそれを思い知らされ、胸が張り裂けそうに痛む。

「もう逃げられませんよ。僕と別れたいと言った理由を、しっかり聞かせてもらいましょうか」

「そ、それは……」

間近から私を見つめる怜の視線に耐え切れず、顔を背ける。

だけど、ちゃんと言わなきゃ。別れたいって、もう一緒にいられないって……

「私……もう、怜と……」

「ちゃんと僕の顔を見て言ってください」

顎を掴まれて、真っ直ぐ私を見つめる彼と視線が絡む。その顔を見たら、喉の奥がジリジリして言葉が出てこなくなる。

唇を噛んで黙りこくる私に、彼が小さなため息をついた。

「あの日、碧さんと話す少し前に、草川さんから連絡をもらいました。だから、碧さんがなにを悩んでいるかは知っています」

「……え？」

「僕は、相談してくれると思っていました。約束したでしょう？　これからは、なんでも相談すると。まさか、一方的に別れると言われるとは思っていませんでした」

彼の指が、愛おしげに私の頬を撫でる。それだけで胸がいっぱいになり涙が零れた。

「僕は碧さんに愛されていると思っていたけれど、それはただの自惚れでした？　僕は、そんなに簡単に切り捨てられる程度の存在だった？」

そんなわけがない、今もこんなに好きで堪らないのに。

彼の言葉を肯定できなくて、小さく首を横に振った。そんな私に、彼は困ったように眉尻を下げる。

「碧さんは、なんでも我慢しすぎです。今まで、自分の気持ちを押し殺してきたからなんでしょうけど、僕に対してはもっとわがままになっていい。碧さんの願いなら、なんでも叶えてみせるから」

優しく微笑んだ彼の顔が、溢れる涙で歪む。

今すぐ抱きつきたい、彼のぬくもりに包まれたい。彼と離れたくない、ずっと一緒にいたい。だけど、それを口にしてしまっていいのだろうか。

私は彼にひどいことを言って傷つけたのに、彼の傍にいることが許されるのだろうか。

戸惑う私を抱き起こし、ベッドの上に腰かける。そうして怜は、子供のように私を膝に乗せて抱きしめてきた。

「碧さんの気持ちを、ちゃんと聞かせて。本当に僕と別れたいと思ってますか？」

温かい腕に抱きしめられて、我慢できなくなった涙がとめどなく流れる。それと同時に、感情が堰を切ったように溢れ出し、彼の首に手を回し自分から抱きついた。

「……っ、別れたく、ない。怜と、ずっと一緒にいたい」

「はい、僕もそう思っています」

「だけど、夢も諦められなくて。迷わず、怜を選べない自分が、許せなくて」

「……はい」

「でも、嫌なの。怜と……離れたく、ないの。だって、愛してるの。私……自分より、怜が大事。なのに、私……」

「碧さん……」

ボロボロと涙を零しながらすがりつく私を、怜がきつく抱きしめ返してくれる。子供のように泣きじゃくる私の頭を、彼がそっと撫でた。

「初めて愛してるって言ってくれましたね。僕も、なによりも誰よりも碧さんが大切です。碧さんの願いならなんでも叶えてあげたい。だから、僕と別れる必要もないし、夢を諦める必要もない」

「……え？」

少し身体を離した怜が、私の顔を見つめて言った。

「実は、ヨーロッパでの事業を強化する話が出ていて、海外赴任を打診されています。

行き先はドイツ。僕は、碧さんにも付いてきて欲しいと思っています」

「ドイツ……」

「付いてきてくれるなら、あちらで碧さんの夢を実現させるためのサポートを全力でします。ドイツにいる知り合いの奥さんに、元大手コスメメーカーの職員だった人がいるんです。今は、自分でハーブを育てながら、手作りコスメの教室や販売をしているそうですが、碧さんのことを話したら、ぜひ力になりたいと言ってくれています」

ドイツは、オーガニックの先進国だ。オーガニックコスメの会社も多く、日常の生活にアロマやハーブが当たり前のように取り入れられている。

彼の話を聞く限り、その方のやっていることは私の夢ととても近い。なにより、それなら彼の傍にいることができる……

「海外での生活は、慣れるまでは大変かもしれません。でも、なにがあってもあなたを守ると誓います。だから、僕と結婚してください」

夢と、恋愛。どちらも選びたいなんて、許されないのだと思い込んでいた。

なのに彼は、そのどちらも諦めなくていいと言ってくれる。

大和の言う通りだ。怜は、そんな器の小さな男じゃなかった。

私はこれまで彼のなにを見てきたのだろう。また勝手に諦めて、努力することを放棄していた。

彼を信じきれず、逃げ出してしまった自分に腹が立つ。努力家で、たくさんの人に慕われている怜に相応しい人間でありたいと思っていたのに……

そっと頬に手を伸ばすと、彼は私を見つめて目を細めた。

私の好きな、優しい瞳。怜はいつだって真っ直ぐに私だけを見つめてくれていた。そして、全身で私に好きだと伝えてくれる。

全力で愛してくれるこの人に、私も精一杯応えたい。一緒に、生きていきたい。

「うん、私……怜と結婚する」

「ありがとうございます。僕はもう、どんなに離してと頼まれても、絶対に離しません。愛していますよ、碧さん」

「私も、愛して……んんっ」

唇を重ねた彼が、私のことを正面から抱き直す。濃密に絡む舌が私から思考を奪い、身体から力が抜けていく。

「……ん、んんっ、くるし……」

激しいキスにすぐに音を上げる私から身体を離し、彼は着ていたコートとスーツの上着を脱ぎ捨てた。

シュルリとネクタイを首から引き抜き、笑みを浮かべた怜にゾクリと肌が粟立つ。

なんだろう、部屋の温度が一気に下がった気がする。つい怯えてしまう私に、彼が笑みを深くした。

「れ、怜？　あの……」

「怯（おび）えた顔も、なかなかそそるな。約束を破った碧には、お仕置きをしないとね」

「お、お仕置き⁉」

「あの程度ではぬるかったみたいだから、もっと教え込まないと。もちろん、身体に……」

プツリとワイシャツのボタンを外した怜の笑顔にゾッとする。こ、これは……

「お、怒ってる？」

「まあね。人の話を聞かず、勝手に別れを告げて、携帯の電源も切りっぱなし。おまけに俺を捨てて、他の男のもとに行くなんて」

「他の男のもとって、人聞きの悪い……兄ですよ！」

「でも、俺から離れようとしたのは事実だろ？　すごくショックだったなぁ。これは、一晩かけて慰めてもらわないと。そのかわいい身体でね」

ニヤリと笑った彼が、悪魔に見える。だけど、今回のことは完全に私が悪い。約束を破ったことも勝手に思い込んで怜から離れようとしたのも事実だ。

仕事のことも、相当無理をさせてしまっただろう。それで怜が許してくれるならと、私は彼の首に手を回した。

「んぅっ……んんっ、は、あ……あっ」

「ほら、碧。しっかり舌を絡めて。俺にされて気持ちいいところはどこ？」

「はあっ、れ、い……」

あれからベッドの上で抱き合いながら、ずっとキスをし続けている。もうどのくらい時間が経過しているのかも分からない。

「キスだけで、蕩けそうだな。ほら、もう少し頑張れるだろ？」

「うぅ……」

そう言われて、一度離した唇を再び重ね、彼の口の中に舌を潜り込ませる。いつも彼にされて気持ちいい場所に一生懸命舌を伸ばし、そっと彼の頭を撫でた。

キスの合間にされるこの行為が、私は好きだった。

「んっ……う、怜、もう……」

「ダメ、もっとキスして。ほら、碧はここが気持ちいいんでしょ？」

怜はそう言って、私の弱い場所に舌を伸ばしてくる。

同時に、スルリとセーターの中に手を滑り込ませた怜が、私の背骨を人差し指でなぞる。

それだけで身を震わせた私に、彼が小さく笑った。

「肌が、熱い……。いつも以上に敏感になってるな」

「だって、怜が……あっ、や、んんっ」

「ああ、こんなに柔らかいのに、こっちはもうこんなに硬くなってる」

「ひあっ、ああっ、そこ、ダメ」

彼の脚を跨ぐように座らされ、着ていたセーターを脱がされる。下着の上から胸の尖りを何度も指先で刺激されて、怖いくらいに身体が反応する。

「ダメじゃなくて、いいでしょ？　今日はダメって言うの禁止。ちゃんと気持ちいいなら、いいって言って」

「ふうぅ……あっ！」

ブラのホックを外されて、ふるりと胸が零れ落ちた。すぐに右胸の先を摘まれ、左胸には舌を這わされる。

「あっ、ああっ、はあ……うんんっ」

どうしよう……気持ち良すぎて、どうにかなりそう。まだ触られてもいないのに、溢れる愛液でショーツがぐっしょりと濡れているのが分かる。

左右の胸に与えられる異なった刺激に、思わず仰け反る。そんな私の腰をしっかりと抱き寄せて、彼が胸に軽く歯を立てた。

「あっ、あああんっ！」

その瞬間、ビリビリと電流が走ったように全身を快感が駆け巡り、身体がピクピクと跳ねる。

はあはあと肩で荒く息をしながら、ぐったりと彼にもたれかかった。

「胸だけで軽くイッたね。かわいくて、もっといじめたくなるな」

「あっ、ふ……れ、い……んんっ」

生理的な涙を零す私に目を細め、怜が再び濃厚なキスをしてくる。そうしながら、彼は私のお尻の双丘を強く揉みしだき、ジーンズの上からそっと脚の間を撫でる。

「ここも、すごく熱くなってるね」

「ひゃんっ！　ああっ、んんっ……」

少しの刺激にも過剰に反応してしまうことが恥ずかしくて、思わず口を手で塞ぐ。それを見て、ジーンズを脱がせようとしていた彼が眉をひそめた。

「こら、口を塞がない。声、我慢しないで」

「ふっ、でも、恥ずかし……」

「できないなら……」

そこで言葉を切り、ベッドの上に投げ捨ててあったネクタイを手にする。嫌な予感がして顔をひきつらせる私に、彼がニッコリと微笑んだ。

「縛っちゃうよ？」

「しばっ!?」

私が驚いている間に、怜は素早く私の両手をネクタイで縛り上げる。きつくないから痛くはないが、なんとなく変な気持ちになってしまう。

「れ、怜……」

「大丈夫だよ、痛いことはしないから」

怯(おび)える私をベッドに押し倒し、彼が首筋に舌を這(は)わせてきた。中途半端に脱がされていたジーンズを足から引き抜きながら、胸元に唇を滑らせた彼がパクリと右の乳首を咥(くわ)えた。

「あっ、ああんっ、それ……ダメェ」

「ダメは禁止。気持ちいいだろ？　ほら、ちゃんと言ってごらん」

「はあっ、ううん、いい……気持ちいい、から、もう……」

乳首を吸われ、ヌルヌルと舌で擦られて、太股を擦り合わせながら、彼に懇願する。

さっきから下腹部が熱く疼(うず)いて堪(たま)らない。もっと、違う場所に触れてほしい。

いつもなら、なにも言わなくても察してくれるのに、今日の彼は欲しいところには触れてくれない。意地悪な笑みを浮かべて、舌先で胸の先端を焦(じ)らすように突いてくる。

「碧、もうなに？　どうしてほしいの？」

「あ、ふぅ……いじ、わる……」

「だって、お仕置きだからね。それに碧、いじめられるの好きでしょ？」

「はう……んっ、そんなこと……」

「あるでしょ？　キスで焦らしたのもあるけど、縛ってから更に敏感になってる」

太股の付け根を撫でられて、ビクンと身体が大きく跳ねる。困ったことに、彼の言うことは間違っていない。気づかないフリをしたかったが、私は怜にそうされるのが好きなようだ。だけど相手は、絶対に彼限定だが。

羞恥に耐えながら、楽しそうな笑みを浮かべている彼を見上げる。

「下、も……触って」

「下って？　ここ？」

更に焦らすみたいに脚の付け根に触れてくる怜に、半泣きになって首を横に振る。彼に快感を教え込まれた身体は、貪欲にもっと強い刺激を求めていた。

早く、もっと深いところに触れて欲しい……

そんな欲求が羞恥心を上回り、彼の首に手を回し胸に頬を擦り寄せた。

「やあ、怜……。もう、意地悪しないでぇ」

「ああ、かわいい……。普段はなんでも一人でやってしまう碧に甘えられるのは、本当に堪らない」

「そんなこと、ない。もう、怜がいないと……生きていけないからぁ」

「碧……」

ポロポロと涙を零しながら心の底にあった本音を口にすると、嬉しそうに笑った彼が唇を重ねてきた。柔らかく唇を食み、熱い舌が私の舌に絡む。

それだけで新たな蜜を零す私の秘部を、彼が下着の上から撫でる。たちまち、グチュリという水音が響いた。

「すごい、もうグショグショだ。こんなに感じてくれるなら、手錠だけでもとっておけばよかったな」

「へ……？」

「お見合いを潰すために集めた大人のおもちゃ。あの中にプレイ用の手錠があったんだよ」

そう言われて、お見合いの日に見た数々のおもちゃを思い出して青くなる。

い、嫌だ。いくら怜でも、おもちゃなんて使われたくない。

「や、やだ！　怜以外に触れられたくない」

「……っ、ああ、もう。たとえおもちゃだろうと、俺以外に碧を触らせたりしないよ。碧が自分で触るのは別だけど。……ああ、そうだ。少し自分で触ってみる？」

「え？」

名案を思いついたとばかりに目を輝かせた彼に、びしょ濡れのショーツを脱がされる。

そして、シーツに押さえつけていた私の手を脚の間へ導いた。慌てて脚を閉じようとするが、彼の手に阻まれてしまう。

「あっ、やっ、怜、こんなの……」

「自分でしたことはない？」

「な、ないよ」

「じゃあ、これが初体験か。ほら、碧のここ……どうなってる？」

指にヌルリとした感触がして、思わず手を引っ込める。その手を再び怜に掴まれた。そのまま下半身に導かれて、身体を洗う時くらいしか触らない割れ目に人差し指が触れる。

「ちゃんと触って。気持ちいいところ、俺に教えて」

「うぅ……。じゃあ、ネクタイ外して。汚しちゃう」

「そんなの気にしなくていいよ。碧、これはお仕置きだよ。頑張れるよな？」

そう言われると負い目がある手前嫌だとも言えない。私は、両手を縛られたまま、恐る恐る自分の敏感な花芽に指を伸ばす。

ぷっくりと膨らんでいるそこは硬くなって、触るとコリコリする。衝動のまま花芽を指で擦ってみると、下腹部が甘く疼いてピクリと身体が反応した。

「どう？　碧のここ、今はどうなってる？」

「ちょっと……か、硬くなって、ヌ、ヌルヌルしてる」

「うん、すごく濡れてるね。今すぐ挿れてもいいくらい。……あ、想像した？　入口がヒクヒクして、愛液がお尻の方まで垂れてきた」

「あ……。わ、私……、ふえっ」

　思わず、私は彼のものに中を掻き回されるところを想像してしまった。いやらしい想像をしてしまった自分を指摘されたことが恥ずかしくて、ポロポロと涙が零れる。

「碧、どうした？　少し意地悪しすぎた？」

「だって……私、こんなにいやらしくて、怜に引かれちゃう……」

「碧……。俺が好きだから、こんなに濡らしてるんだろ？　そんなの、嬉しくて堪らないよ」

「……本当に？」

「本当だよ。好きな女が自分の手で乱れていくのを見て喜ばない男はいない。かわいくて、愛おしくて……全部食べてしまいたいくらいだ」

　目尻に溜まった涙を舌で舐めとった彼が、私の頭を撫でて優しく微笑んだ。

「だから、安心して感じて。素直に口に出してもらった方が、俺は嬉しい。ほら、ここをこうすると気持ちいいでしょ？」

　怜に導かれて、敏感な芽を自分の指の腹で擦る。そうすると、確かに気持ちいいのだが、やっぱり彼に触れてもらう時とはなにかが違う。

「はぅ、あっ……いいけど……怜に触ってもらった方が気持ちいい」

「……っ、またそんなかわいいことを。なら、こうしよう」

「ひあっ！　あっ、あんん、ああっ」

脚の間に顔を埋めた彼に指ごと敏感な場所を舐められて、ビクビクと腰が揺れる。彼は硬くなった芽を舌で転がし、私の手指の間を舐める。たちまち、ゾクゾクとした快感が全身を駆け抜けた。

「指も性感帯って言うけど、本当だな。ほら、もっと気持ちいいところを触って」

そう言われて、自分の気持ちいいところを素直に弄る。先程より硬くなった芽を押し潰したり擦ったりすると、彼がそれを追いかけるように舌を這わせてきた。

「碧、気持ちいい？」

「ああっ、いい……気持ちい……怜、あっ、私、もう……」

「イきそう？　じゃあ、こっちで」

彼が私の手を掴み、膣口に導く。恥ずかしくなるほど濡れそぼったそこに、怜は私の人差し指とともに自分の指を差し入れた。

「え、怜……」

「中、すごいね。いつも以上にトロトロで、すごい熱い。いつもここに、俺のものが入っているんだよ」

彼の言葉に反応して、中が締まり肉壁が生き物のように蠢く。それに気づいた彼がニヤリと笑って、ゆっくりと私の弱い部分を撫でた。

「かわいいね、碧。俺が欲しい？」

「んっ、欲し……欲しい」

「ああ、もう……。本当に、堪らない」

「ひゃあああっ！」

膣の中をいきなり掻き回されて、悲鳴にも似た嬌声が上がる。感じる場所を容赦なく擦られて、掻き出された愛液がグチョグチョと音を立てた。

なにかが溢れそうな感覚に、思わず指を抜いて彼の手を掴む。

「怜、ダメエ、もうやめてえぇ、なんか、なんか出ちゃう」

「いいよ、このまま、イッて」

「違うの、ひあああっ！　強くしちゃダメ！　私、私……ああんっ！」

太股がガクガクと震え、熱いなにかが秘裂から溢れて彼の手とシーツをぐっしょりと濡らす。なにが起こったのか分からず呆然とする私に、彼が満足気な表情でキスをしてきた。

「上手にイケたね。潮まで吹いて、気持ちよかった？」

「し、潮……」

知識としては知っていたが、あれがそうなのかと肩で息をしながら考える。今までに感じたことのない快感を思い出して、無意識に膣がヒクつく。

「すごくかわいかった。見て、ネクタイまでびしょ濡れだ」

「あ……、ご、ごめんなさい」

「謝る必要なんてないよ。むしろ、こんなに感じてくれて嬉しい。碧、俺の服も脱がせて」

汚れてしまったネクタイを私の腕から外した彼が、私の身体を引き起こした。そこで初めて、自分だけが裸で彼がまだワイシャツのボタンを二個外しただけなことに気がつく。

いつも自分だけが乱されてることが少し悔しくなって、勢いよく彼のワイシャツに手を伸ばす。ボタンをひとつずつ外していくと、彼の均整のとれた身体が露わになり、ドキドキしてくる。

「怜も、肌が熱い」

「碧の乱れた姿に興奮してるからな。俺も余裕ないから、早く脱がせて」

「う、うん」

ワイシャツを脱がし終え、スラックスのベルトに手をかける。苦戦しながらも彼に協力してもらいなんとかスラックスを脱がせ、残すは下着のみ。それを押し上げている彼のものに、思わず目が釘付けになった。

「碧、焦らしてる？　早く」

「あ、は、はい」

彼に急かされて、恐る恐る彼の下着に手をかける。慎重にそれを引き下ろすと、お腹につきそうなほど勃ち上がった彼のものが飛び出してきた。何度見ても迫力のあるそれに、思わずゴクリと唾を呑み込む。

「さ、触ってもいい？」

「いいよ」

「……し、失礼します」

そっと手で包み込むと、ピクリと彼のものが反応した。硬いが意外とツルツルしていて、触り心地がいい。

いつもこんな大きなものが私の中に入っているんだと思うと、不思議な気持ちになる。

ふいに、彼にも気持ちよくなってもらいたいという感情が湧き上がって、傘の張った部分に舌を伸ばしペロリと舐めてみた。

「……っ、碧⁉」

「んっ、気持ちよくない？」

「気持ちいい、けど……」

どうすればいいのかがよく分からなくて、ペロペロと舌先で先端の部分を舐(な)めながら彼の表情を窺(うかが)う。

彼は、少し困ったように眉尻を下げて私を見つめていた。いきなりこんなことをして引かれているのかと、急に不安になる。

「嫌……？」

「嫌じゃないけど、無理しなくてもいいよ」

「無理なんてしてないよ。私も怜に気持ちよくなって欲しいと思ったの。初めてだから、上手にできないかもしれないけど」

「……初めて？」

「うん。こんなこと、怜にしかできない」

「そう、か。……決して、無理はしなくていいからね」

怜が微笑んで私の髪を撫でてくれる。

よかった。引かれていなかったことにホッとして、思い切って彼の屹立(きつりつ)をパクリと口に含む。

「……んっ」

彼が漏(も)らしたその小さな声に、ズクリと身体の奥が疼(うず)く。口の中で質量を増したものに、彼が感じてくれていると分かり感動を覚える。

怜の言う通りだ。好きな人が気持ちよくなってくれるのって、純粋に嬉しい。

大きくてとても全部は口の中に入らないが、精一杯口に含んで裏側やくびれた部分を舌で刺激する。入り切らない場所は手で刺激すると、彼のお腹にぎゅっと力が入った。

「はっ……ぁ、碧……」

切なげな声を漏らす彼の顔を上目遣いに見上げると、彼も熱っぽい視線で私を見つめていた。

はあっと息を吐いた彼があまりにも色っぽくて、蜜口からトロリと新たな蜜が溢れ出るのが分かった。

もっと感じて欲しいと、再び屹立を口に含もうとしたら、彼が私の動きを制した。

「碧、もういいよ」

「え？」

やっぱり下手くそだったのかと不安になる私に、避妊具を手に取った彼がそれをつけながら笑みを浮かべた。

「気持ち良すぎて、もう我慢できない。今日は、碧が自分でこれを挿れて？」

「え……じ、自分で!?　そんなの……」

「できるよね？　今日の碧は積極的だし、いつもより大胆な姿をもっと見せて」

「……分かった。やってみる」

覚悟を決めてベッドに仰向けになった彼の上に跨る。そのまま、彼の屹立に手を添えて膣口に先端を宛てがった。少し怖気づいて怜の方を窺うと、熱っぽい視線が私を見つめていた。

「そのまま、腰を落として」

「う、うん」

彼に言われた通り、ゆっくりと腰を落としていく。チュプチュプと音を立てて彼のものが入ってきて、私の中が彼のものでいっぱいになる。

待ちわびたその感覚にゾクゾクした。

身も心も彼で満たされていく喜びに、ビクビクと肉壁が震える。

「そう、上手。碧の中、熱くてトロトロで……。気持ち良くて……堪らない」

はあっと息を吐いた彼が私の胸に手を伸ばし、乳首をきゅっと摘まんだ。硬くなったそこをクリクリと弄られて、背中が弓なりに反る。

「ひあっ、ああっ、怜ぃ……」

「ああ、中が締まった。碧、早く、俺を全部受け止めて」

「きゃあああっ！」

強く私の腰を掴んだ怜が、勢いよく腰を突き上げた。一気に彼のものが奥まで入ってきて、その衝撃に頭のてっぺんまで快感が突き抜ける。

「ああっ……んっ、ひど……」

「ごめん、我慢できなかった。挿れるだけでイクなんて、本当にかわいい。中が、すごくビクビクしてる」

「ああっ、だって……ずっと、欲しかった、から……」

「……っ、またそうやって、俺を煽る」

下から見上げる怜が、目元を赤く染めてゆるりと腰を動かす。

「煽ってな……やあ、大きくなっ……」

「碧のせいだろ。ほら、自分で動いて」

「ふぅ……うぅっ」

そんなこと、今までしたことはない。恥ずかしくて堪らないが、怜にも気持ち良くなって欲しい、感じてほしいという気持ちで腹を決める。

彼のお腹に手を置いて、ゆっくりと腰を前後に揺すり始めた。そうすると、中の壁が彼のもので擦られて、奥が甘く疼く。

「そう、上手。もっと、碧のいいように動いてごらん」

「あ、あっ、怜……んんっ、あ、ふ、ああっ」

軽く突き上げられて、ビリビリと快感がせり上がってくる。彼の言葉に導かれ、私は夢中で腰をくねらせて快感を追う。

「はっ……ぁ、いいよ、碧。とても上手だ」

「怜、は……気持ちいい？」

「ああ、いいよ。気持ち良すぎて、ヤバイ」

「本当？　嬉しい」

感じてくれていることが嬉しくて微笑む。すると、なぜか彼が一瞬動きを止めて、次の瞬間、一気に上半身を起こした。繋がりが深くなり、私は堪らず彼にすがりつく。

「……ああ、もう。かわいすぎて、我慢できないっ」

「ひゃあんっ！」

いきなり強く下から突き上げられ、奥をゴリゴリと刺激される。突然の強い刺激に、快感が全身を覆う。仰け反りそうになる私を彼が少しの隙間もないくらい強く抱きしめた。

「あ、怜、ああっ、これ、好き」

「ん？　これ気持ちいい？」

「んんっ、ぎゅって、されるのが……好き、ああっ、怜、もっとぉ……」

「くっ、本当に……かわいすぎだろ」

「んんぅ、んんっ……ん、んっ」

下から揺すられながら唇を塞がれて、熱い舌がねっとりと絡みついてくる。上も下も怜で満たされて、なんとも言えない満足感が全身を包んだ。

ああ、気持ちいい。なにより、怜と繋がっていることが嬉しい。

愛する人との行為がこんなにも幸せだなんて、彼と会うまで知らなかった。

「は、あ……ああっ、怜、怜、好き、大好き、愛してる」

「俺も……好きだ。心の底から、愛してる。……ああ、もう無理だ」

ベッドに押し倒されて、膝裏に腕を入れた彼が力強く腰を押し付けてくる。激しく奥を突かれながら中を抉られて、頭の中が真っ白になった。

「怜、れ、い……あ、ああっ！」

「はあっ、碧、碧っ」

「あっ……ああ、もう、ひああぁあっ！」

快感の渦が弾けた。絶頂を迎え、強く彼にしがみつく私の奥を、彼がガツガツと突き上げる。

達したばかりの肉壁がぎゅうぎゅうと肉棒を締め付けた。やがて、耳元で低いうめき声を漏らした彼が、私の中で果てたのが分かった。

「……っ、は、あっ……碧、大丈夫？」

「んん、大丈夫……」

息を整えながら後処理をした彼が、ハアハアと肩で息をする私の頭を撫でる。そのまま、顔中にキスをして抱きしめてきた。

事後に必ずしてくれるこの行為が、私はとても好きだ。

愛されていることを実感できて、温かい気持ちになる。

私も同じことがしたくなって、彼の頬に手を伸ばし唇を寄せる。頬や鼻にキスをしていると、彼が嬉しそうに目を細めた。

「今日は、本当に積極的だ」

「だって、したかったんだもん。嫌？」

少し不安になってそう聞くと、困ったように眉尻を下げた彼が首を横に振った。

「嫌なわけないだろ。むしろ、すごく嬉しい。明日、お兄さんのところに連れて行ってくれる？　挨拶をしてから東京に戻ろう。帰ったら、すぐに結婚の話を進めるからね」

「うん……。あの、本当にお仕事、大丈夫だった？　私のせいだけど……」

「大丈夫。先方に事情を話してきっちり仕事を終わらせてきたから。向こうの担当者が、大変な愛妻家でね。婚約者に逃げられそうだと話したら、早く日本に帰れと逆に急かされたよ」

「……そっか、相手の人にも迷惑かけちゃったね」

シュンとする私の頬に、彼が優しくキスをした。それから、安心させるように頭を撫でてくれる。

「大丈夫だよ。ドイツに行ったら、一緒に遊びに来るように言われた。その時は、付き合って」

「うん。怜、本当にごめんなさい」

「いや、俺もドイツ行きの話をもっと早くしておくべきだった。なにも話してくれずに別れるって言われた時は確かにショックだったけど、本心じゃないのも分かってたから。本当に、碧はベッドの中じゃないと素直になってくれない」

「そんなこと……ある、かもだけど。これからは、ちゃんと相談するし、甘えるから」

抱きついて逞しい胸に擦り寄ると、彼の身体にぐっと力が入り、硬いものが太股に当たる。

これって、怜の……だよね。

チラリとその顔を見上げると、ニッコリと笑った彼に唇を塞がれ、胸の先端を摘ままれた。

「あっ、んんっ、ちょっ……」

「碧がかわいいことするから、その気になった」

そう言った彼が、新しい避妊具に手を伸ばして封を切る。怜に抱かれる時は一回で終わることはないと、さすがに私も分かってきた。

それに……

「うん、私も……もっと怜のことを感じたい。あ、でも、疲れてるだろうから、ほどほどに……」

「いや、無理。そんなことを言われたら、止まらないから。碧はいくら抱いても抱き足りない」

「ちょっ、あ、あぁあっ！」

私をベッドに押し倒し、彼が一気に中に押し入ってきた。膣壁がそれに順応して蠢き、私の口から悲鳴のような嬌声が漏れる。

首筋に顔を埋めて熱い息を漏らす彼を、ぎゅうっと抱きしめる。

「ああっ……怜、いっぱい、抱いて……。好きっ。は、ああっ、また、おっきく……」

「……っ、煽るから、だろ。素直な碧はかわいすぎてヤバイ。時々、タガが外れるかもしれないけど、許して。碧、愛してるっ」

愛の言葉を囁き、貪るみたいに口を塞ぎ舌を絡める。そうしながら激しく腰を動かす彼に、必死にしがみつく。

その夜、私達は夜が明けるまで、お互いを求め合ったのだった。

一期一会

真っ白なワイシャツに濃紺のネクタイを締めた怜が、ダークグレイのベストと上着を羽織る。スーツは男の戦闘服と言うけど、本当に普段の三割増しでかっこよく見える。もとがいい上に、大人の男の色気まで加わって、眩しいくらいだ。愛用している腕時計をカチリと左腕に嵌めた怜が、うっとりと見とれる私を振り返った。

「碧、準備はできた？」

私を九州まで迎えに来てくれた後から、怜は敬語を使わなくなり、さん付けもしなくなった。もうすぐ夫婦になるから、というのが理由のようだ。

すでに準備を終えている私は、立ち上がって彼にコクリと頷いた。

「う、うん。できてるけど、本当に怜も行くの？」

「行くよ。昔から随分お世話になったみたいだし、俺からもきちんと挨拶しないと」

ニッコリと笑った怜に微笑み返しながら、なぜだか一抹の不安を覚える。

東京に戻ってきた私は、休暇の最終日である日曜日、社長に今後のことを話しに行くと決めた。だが、それに怜もついて行くと言い出したのだ。

社長にも、きちんと怜のことを紹介したかったから、一緒に行くのを了承したのだが……大丈夫だろうか。

傍にいてくれるのは心強いが、社長と怜は、なんとなく互いに同族嫌悪を抱きそうな気がする。

彼を連れて行くことで、火に油を注ぐことになりはしないだろうか……

「さあ、行こうか」

「う、うん」

怜に促されてマンションを出る。怜の車で実家の近くにある社長の家に向かった。大和を通してアポイントは取ってあるが、果たして私の気持ちを分かってもらえるだろうか。

社長は、私にコスメの魅力を教えてくれた人だ。手作りコスメの魅力や……研究と開発の楽しさも教えてくれた。

そして、親に褒められたことのなかった私を認めてくれた、母のような人。

尊敬する人の会社で、働いてこられたことを誇りに思う。そこを辞めるのはやっぱり寂しさを覚えるけど、それでも、この選択に迷いはない。

私は、怜と生きていく。怜の傍で、自分の夢を叶える。

それを、自分の口できちんと社長に伝えたい。

目的地に着くと、緊張が高まり思わず自分の手をぎゅっと握る。さっきからもう、心臓が口から飛び出しそうだ。そんな私の手に、車のエンジンを切った怜がそっと左手を重ねた。

「大丈夫だよ、碧には俺がいるから」

「……うん、ありがとう」

優しく微笑んだ怜に励まされて、車を降りる。大きく深呼吸をしてから、インターホンを押すと大和が玄関から顔を出した。その奥から、ひょこっと顔を出した茜に驚いて目を見開く。

「茜？　ど、どうしたの？」

「碧ちゃん、あのね、あのね！　……むぐっ」

満面の笑みでなにか言いかけた茜の口を塞ぎ、大和が口を開く。

「碧のことが心配で居ても立ってもいられなかったんだと。とりあえず入れよ。ラスボスが待ってるぞ。東條さんも、どうぞ」

そう言って、家の中に促した。

大和が一人暮らしを始めてからはほとんど来ることがなかったが、昔と変わらないラベンダーの香りがして懐かしい気持ちになる。

その香りで気持ちを落ち着かせながらリビングに入ると、社長が脚を組んでソファーに座っていた。

「お休みのところ、突然お邪魔して申し訳ありません」

「いいのよ。それで、そちらの方は……」

「初めまして。碧さんとお付き合いしております、東條と申します。碧さんからは、大変お世話になった方だと伺っています。この度、彼女と結婚することになったので、僕からもご挨拶をと思い、一緒にお邪魔させていただきました」

「それはご丁寧にどうも。……結婚するということは、今回の研修は、断るということかしら？」

「はい。彼がドイツに転勤することになったので、それについて行くつもりです。……なので、ナチュラアースを退社させていただきたいと思っています」

「ええ!? ドイツ!? なにそれ、聞いてな……もがっ」

「ちょっと黙ってろって」

騒ぐ茜の口を押さえつつ、大和が私達と社長をじっと見つめてくる。

「……夢より、彼を選んだのね。碧ちゃんは本当にそれでいいの？ 小さな頃からの夢を、そんなに簡単に捨ててしまえるの？」

ため息をついた社長が、私の気持ちを試すような視線を向けてきた。

「いいえ、捨てません。彼の傍で、夢も叶えます」

「向こうに、なにかアテがあるのか？」

思わずといった様子で問いかける大和に、コクリと頷く。

「彼の知り合いに、ハーブ園を営んでる人がいて、手作りのコスメを販売したりしているんだって。ドイツはオーガニックの先進国だし、その人のところで学ばせてもらえそうなの」

「僕も全力で碧さんの夢を応援するつもりです。結婚したら、彼女の夢は僕の夢にもなるので」

私の肩に手を置いた怜に、じんわりと胸が温かくなる。なんて、心強い言葉をくれるのだろう。彼が傍にいてくれれば、なにがあっても頑張れる気がする。

じっと私と彼の様子を見ていた社長が、大きく息を吐いた。

「……夢も結婚もなんて、そんなに上手く行くわけがない。恋愛と結婚は違うのよ。結婚すれば、否応なく今と状況が変わる。子供が生まれたりしたら尚更よ。大企業の跡取り息子で、多忙なあなたに、本当に碧ちゃんの夢を支えることができるの？」

居住まいを正した社長が、挑むように怜を見据える。

「確かに、仕事は多いですが……できると言い切れますね。自分で言うのもなんですが、能力は高い方なので。それに、それなりに人脈を持っていますから、子供が生まれたとしても彼女だけに負担がいくことはありません。互いに協力し、上手く人を頼れば育児と仕事の両立は可能でしょう。碧さんは僕がやっと見つけた運命の人なので、一生かけて大事にします」

「……今はそう思っていても、先のことは分からないわ。人の気持ちは変わるもの」

キッパリと言い切った怜に、社長がどこか寂しげな笑みを浮かべて言った。

大和から、社長が旦那さんと別れたのは、起業に反対されたことが原因だったと聞いている。シングルマザーで起業し、会社を経営していくことは並大抵の苦労ではなかっただろう。

それでも、社長が大和との時間を大切にしていたことを私は知っている。

「私、本当に社長のことを尊敬しています。私にとっての理想の母親像は、あなたです。社長は、子育てと夢の実現を立派に両立させてきたじゃないですか。その姿を、私はずっと見てきたんですよ。できないなんて思えません」

「碧ちゃん……」

「それに、私……怜と別れて夢を選んだら、きっと後悔する。彼のことが、本当に好きなんです。社長は……結婚したことを後悔していますか？」

私の言葉に、ハッとしたように大和を見た社長が、静かに首を横に振る。

「……いいえ。あの時結婚していなかったら後悔していたわね。だって、結婚しなかったら大和も生まれてなかったんだもの」

そう言って微笑んだ社長に、大和が声をかけた。

「……碧のことが心配なのは分かるけど、見守ってやったら？　東條さんは、うちの親父とは違う人間だし、俺から見ても相当いい男だよ」

「この間から、やたらと褒めてくれますが……なにも出ませんよ」

「本音ですって。碧が遠くに行くのは寂しいけど……この二人なら、きっと大丈夫だよ」

「そうね。私が育てたんだもの、碧ちゃんならどこに行っても大丈夫だわ。……碧ちゃん、ドイツで頑張ってきなさい。それで……もし、ビジネスチャンスを見つけたら、私に連絡をちょうだい。そういうふうに、教育してきたつもりよ」

私が尊敬する自信に溢れた社長の笑顔に、しっかりと頷く。

「はい、もちろんです！　あの、それで……」

私はバッグの中から、あるものを取り出した。ここに来る前に二人で記入した婚姻届だ。できれば尊敬するこの人に、私達の証人になって欲しいと思って用意してきたそれを、社長に差し出す。

「まだいつ提出するかは決めていないのですが、証人になっていただけますか？」

「ええ、喜んで。……碧ちゃんのこと、泣かせたら承知しないわよ」

「心しておきます」

満面の笑みで怜にプレッシャーをかけて、社長は証人欄に名前を記入していく。

それを見つめながら、この人に恥ずかしくないように頑張らなければと決意を新たにした。

「……あのさ、俺もお願いしたいんだけど」

社長から婚姻届を受け取ったところで、唐突に大和が声を上げた。そして、おもむろに社長の前になにやら紙を置く。それは、私が今、手にしているものと同じものだった。

「俺、茜と結婚するから」

「はあ⁉　結婚？」

今、なんて言った？　結婚？　茜と、大和が？

目を剝いて固まる私に、大和がしてやったりといった顔で笑った。

「そう。子供もできたことだし、いい機会だろ」

「は⁉　子供⁉」

「そうなの。真っ先に碧ちゃんに報告したかったんだけど、大和がダメって言うからさ」

大和の隣で、嬉しそうに満面の笑みを浮かべる茜に唖然とする。

なんかもう……わけが分からなすぎて頭がついていかないんですけど……

怜も社長も、さすがに驚きを隠せないのか、私同様、目を見開いたまま固まっている。

「いつの間にそんなことに……。ていうか、あんた人の妹になにしてんのよ！」

「碧が東條さんのところに行ってすぐの頃から？　別に責任取るんだからいいだろ。同意の上だし」

「そうそう。だって私、全然相手にしてもらえなかったけど、ずーっと大和のこと好きだったし。だから、妊娠してるって分かった時、嬉しかったぁ」

幸せそうに笑って、茜はまだ膨らんでもいないお腹を愛しげに撫でる。

し、知らなかった。茜って、大和のこと好きだったんだ……

まだちょっと、現実を受け止めきれないけど、これはおめでとうと言うべきなのか。

そう思っていると、社長が深いため息をついて額に手を当てた。

「このバカ息子は……物事には順序ってものがあるでしょう。茜ちゃんの親には、きちんと話はしてるんでしょうね？」

「もちろん。先に了承をもらってる。証人の欄にも、おじさんの名前が書いてあるだろ？」

「根回しのいいこと。まさか、一日に二枚の婚姻届の証人になるなんてね」

確かに、そうそうあることではないだろう。

疲れた様子で社長が再び婚姻届に記入するのを見届けて、私達は草川家を出てマンションに戻った。

「それにしても、驚いた。草川さんと、茜さんが……」

ジャケットを脱いで、ネクタイを緩めながらソファーに座った怜の言葉に深く頷く。社長に分かってもらえたことはよかったが、あんなサプライズがあるとは思ってもみなかった。

「本当。しかも、子供ができたとか……。我が妹ながら、本当になにをしでかすか分からないわ」

「確かに。まあ、そんな茜さんをコントロールできるのは彼だけなのかもしれないね。でも、少し羨ましいな」

「羨ましい？」

「子供。俺も、碧との子供が早く欲しい」

私を抱き寄せて、お尻のラインを妖しい手つきで撫でる怜に、頬が熱くなる。私だって、彼と同じ気持ちだ。

兄のところに一緒に挨拶に行った時、子供達と戯れて無邪気に笑う怜の姿に惚れ直したのを思い出す。

社長の言うように、子供ができたら色々と状況も変わるのだろう。でも、彼となら絶対に大丈夫だと自然に思える。

「早速、今から作ろうか。俺は、碧によく似た女の子が欲しいな」

「ふふ、怜に似た男の子もいいね。元気に生まれてきてくれるなら、どちらでもいいけど……。でも今はダメ」

すっかりその気になって、服の中に手を突っ込んできた怜を制止する。近い将来、彼の子供を授かれたらと思うが、今はまだその時ではない。

「これから色々バタバタするでしょう？　ドイツ行きの準備もあるし、あっちでの生活のことも考えなきゃ。それに、まだ籍も入れてないし。子供を作るのは、そういうことを全部クリアしてからね」

「……本当にしっかりしてる。でも、碧の言う通りだ、先走ってごめん」

「ううん、私も怜と同じ気持ちでいるから。これからずっと一緒にいるんだし、焦らずに、私達は私達のペースでいこう」

「そうだね。案外、結婚したら、尻に敷かれそうだな」

「そうかな？」

「ああ、でも、碧とならそれも悪くない。じゃあ、それはこれからの楽しみにとっておいて、このまま抱いても？」

「え？　い、今から？」

「うん。こんなに性欲旺盛なタイプではなかったんだけどね、碧とは……ずっと繋（つな）がっていたいと思う」

甘えるみたいに囁（ささや）かれる。チュッと音を立てて耳にキスをされ、ビクリと身体が揺れた。そんなことを言われたら、断れるわけがない。

それに、私も……怜に抱かれるのは好きだ。心も身体も満たされて、ひとつに溶け合うような、あの感覚はきっと彼としか味わえない。

「……うん、シャワーを浴びてからね」

「じゃあ、一緒に浴びよう。俺が隅々まで洗ってあげる」

「それは遠慮します」

「ダメ、俺の楽しみを奪わないで」

クスクスと笑い合って、どちらからともなく唇を重ねる。熱っぽい瞳で私を見つめる彼に、これからの甘い時間を想像しながら身を任せた。


「……苦しい」

藍色の振袖を着た私は、腹部を圧迫する金色の帯を撫でながら思わず呟いた。

二月、某日。

私は今日、怜と初めて会ったホテルで結納の儀をとり行う。状況はあの日とほぼ同じだが、私の気持ちが全然違った。実家の玄関に立ち、これまでのことを振り返る。

あれから私は、長年勤めたナチュラアースを二月いっぱいで退職することにした。突然の退職……それも寿退社。更にはドイツへの移住ということで、同僚達には驚かれたが、みんなに笑顔で頑張れと祝福された。

そして、昨日。最後の勤務を終えて、今日から有休消化に入っている。

今のところ、二月、三月の間に引っ越しの準備を整え、三月の末に入籍。

四月から、ドイツで新婚生活を始める予定になっていた。

赴任準備で忙しくしている怜に、結納はなしで構わないと言ったのだが、こういうことにはきちんとけじめをつけたいと言ってくれたので行(おこな)うことにした。

それにしても、苦しい……

会食の時に、ちゃんとご飯を食べられるだろうかと心配しながらふうっと息を吐くと、茜がひょこっと顔を出した。

「わあ、綺麗！　碧ちゃんはやっぱり、そっちの着物の方が似合うね。おめでとう」

「ありがとう。茜は、体調は大丈夫なの？」

「うん、今日は調子がいいみたい。碧ちゃんも、いよいよ結婚かぁ。それもドイツに行っちゃうなんて……寂しいよぉ」

眉を下げて顔を伏せる茜は、実は私より先に大和と入籍を済ませている。

決めたら一直線なところのある大和は、あの日のうちに婚姻届を提出していた。

うちの両親も、二人の結婚宣言に驚いたそうだが、すでに妊娠していることと、茜の幸せそうな様子に反対する理由が見つからなかったみたいだ。

茜はつわりもあってまだ実家で暮らしているが、体調が落ち着いたら家の近くに新居を探して大和と暮らし始めるらしい。

後から聞いて驚いたのだが、茜は物心ついた時からずっと大和のことが好きだったそうだ。

大和も茜の気持ちは知っていて、何度も告白されながら、のらりくらりとかわしてきていたという。

その理由が……

『だって、茜って面倒くさかったじゃん。超がつく程のヤキモチ焼きで、碧と喋(しゃべ)るなとか言うしさ。その癖、シスコンで碧に彼氏できると邪魔しに行ってな。まあ、お前の彼氏にちょっかい出してたのは、俺に嫉妬させたいってのもあったんだよなー』

『大和って……茜のこと好きだったの？』

思わず疑問を口にすると、大和はしばらくじっと私の顔を見つめてから口を開いた。

『……そんな簡単なもんじゃないな。俺にとっては、小さい時から碧も茜も守るべき大切な存在だった。母親が家にいない寂しさを埋めてくれたのは、お前達二人だったからな。俺にとっては二人とも特別なんだよ。そのうち碧は、対等な存在になった。同じ道を志(こころざ)す仲間的な？　だけど、茜はずっと変わらず守るべき存在だった。他にいい男見つけたら応援してやろうと思ってたけど、あいつバカみたいにずっと俺のこと好きなんだもん』

絆(ほだ)されたんだと穏やかに笑う大和は、どこか照れくさそうだった。結婚して、少し落ち着いたように見えるのは、やはり父親になるからだろう。

『碧も東條さんと幸せにな。お前が夢を叶える頃には、俺も会社をもっと大きくしてる予定だから、その時は、ビジネスパートナーとしてよろしく』

『こちらこそ、妹のことをよろしく。お互い、頑張ろう』

『……あんまりわがままだったら、返品するわ』

天邪鬼(あまのじゃく)な大和らしい言葉に、笑ってしまった。素直じゃない男だが、きっと茜のことも子供のことも大切にしてくれるだろう。

好きな人と結婚し、その人の子を身ごもった茜は本当に幸せそうだ。あのわがままな茜が、すでに優しい母親の顔をしている。

茜の替え玉でお見合いをした時は、まさかこんな未来が来るとは思ってもみなかった。

そんなことを考えながら茜を見つめていると、スーツを着た母が私を呼びに来る。

「碧、そろそろ行くわよ。あら、茜、寝てなきゃダメでしょう」

「えー、寝てばっかりもよくないんだよ。今日は体調がいいから、大丈夫。じゃあ、碧ちゃん、いってらっしゃい」

「うん、いってきます」

笑顔で手を振る茜に見送られて家を出る。お見合いの日は、一人でタクシーに乗ってホテルに向かったが、今日は父の運転する車で母も一緒にホテルへ向かう。

「碧も茜も同時に結婚だなんて、やっぱり双子だからかなぁ。しかも、碧はドイツに行ってしまうなんて……」

運転席でぼやく父に、母がしみじみと頷いた。

「そうねぇ、樹も九州で遠いし……。一気に家が寂しくなるわ」

「茜は近くにいるし、私もずっとあっちにいるわけじゃないから。大丈夫、茜の子供が生まれたら、バタバタして寂しさも忘れるよ」

今回のことで、両親の心境にも大きな変化があったようだ。私への態度が柔らかくなり、兄にも今までのことを詫びる電話が入ったという。

以前の私は、両親とこんなふうに話せる日が来るなんて想像できなかった。本当に、色々なことが好転してよかったと感じる。

なかなか濃い数ヶ月間だったと感慨深く思っているうちに、父の運転する車がホテルに着いた。

「じゃあ、私達は車を置いてくるから、先にロビーで待っていて」

「分かった」

母の言葉に頷いて、車を降りる。あの時は、行きたくなくて堪らなくて、二時間近くホテルの周りをウロついていたっけ。

怜のことを、百人斬りの変人の変態に違いないと決めつけて、自分を不幸な女だと嘆いていた。それが、その相手と結婚だなんて……人生ってどうなるか本当に分からない。

ほんの数ヶ月前のことなのに、懐かしい気持ちでホテルを眺める。

「お客様、お久しぶりです」

その声に振り返ると、あの日、私に声をかけてくれたダンディーなおじ様が立っていた。ホテルの制服に身を包んだその凛とした佇まいは、相変わらずとても素敵だ。

「お久しぶりです。あの、今日は……」

「ええ、伺っていますよ。この度は、おめでとうございます」

「ありがとうございます」

「どうですか、うちの甥は。猛獣でも変態でもなく、なかなかいい男だったでしょう？」

「え、うちの……甥……？」

その言葉におじ様の胸についているネームプレートを見ると、〝東條〟とあって、目を見開く。

ということは、この人は……

「あの時、私の勘がこの人を逃がしてはいけないと告げていました。怜は、絶対にあなたを気に入るだろうと。その勘は、正しかったようだ。本当に、出会いは一期一会ですね」

おじ様は悪戯っぽい笑みを浮かべて私を見つめていた。じっくり見れば、その顔は確かに怜とよく似ている。

「あなたのような聡明な女性が、甥の伴侶となってくれてとても嬉しく思います。……おや、お迎えが来ましたね。では、また。結婚式、楽しみにしていますよ」

ニッコリと笑って離れていくおじ様と入れ違いに、紺色のスーツを着た怜が私のもとにやって来た。

「碧、着いていたんだね。……うん、あの日見たピンク色の着物よりずっと似合っている。すごく綺麗だ」

「ありがとう」

「やっとこの日を迎えることができて、すごく嬉しい。また碧が来なかったら、どうしようかと思った。ところで、うちの叔父と知り合いだったの？」

「えっと……お見合いの日に、少し話したの。あの人、怜の叔父さんなの？」

「ああ、父の弟だ。経営より人と関わる仕事がしたいと、ここのホテルの総支配人をしている。幼い頃から、俺のことを一番かわいがってくれた人なんだ。父より叔父に似ていると、今でも親子に間違われる」

本当に、喋り方までそっくりだ。

それにしても、知っていて黙っていたなんておじ様もなかなか人が悪い。

でも、怜は将来、ああいう感じで年を取るのか……うん、すごくいい。ちょっと、将来が楽しみになってきた。

ニヤつく私に、なぜか怜が顔を寄せてきた。

「今日は、いつもの部屋を取ってあるからここに泊まろうね。その着物、俺に脱がさせてくれる？」

「ちょ、ちょっと、こんなところでなに言って……」

「いつもと違う碧がかわいいから。うなじが綺麗で、すごくそそる。前は堪能できなかったし、乱れた碧が早く見たい」

爽やかな笑顔でそんなことを言う彼に、つい乱される自分を想像して身体が熱くなる。

その妄想を振り払おうとする私に、彼はなんでもお見通しだというようにクスリと笑った。

「想像した？　肌がピンク色に染まった」

「も、もう、バカ！」

耳元で囁かれ、真っ赤になっているであろう私を見て怜が肩を揺らして笑った。おじ様はああ言っていたが、ある意味、猛獣で変態で合っているんじゃないかと思う。

それを私限定だからいいか、と思ってしまうのだから、恋とは恐ろしいものだ。

「さあ、行こうか」

「うん」

晴れやかな笑顔で手を差し出した怜に、私は微笑んで自分の手を重ねる。この手がシワシワになっても、彼とこうやって手を繋いで生きていくんだ。

おじ様が言う通り、まさに出会いは一期一会。

あのお見合いの日、怜と出会えて本当に良かった。私の夢を、自分の夢だと言ってくれたこの人を、一生傍で支えていこう。

そう思いながら、彼の手をそっと握った——

私と彼のある日の日常

私が怜と結婚し、長谷川碧から東條碧になってから瞬く間に半年が過ぎたある日のこと――

キッチンでハーブティーを淹れていると、ジャケットを手にした怜がネクタイを二本持って私のところへやって来た。

「碧、今日はどっちがいいと思う?」

シンプルなグレーとストライプのブルーのネクタイを見せられて、しばし考え込む。

「うーん、今日はこっちかな」

今日の濃紺のスーツには、シンプルなグレーのネクタイの方が合いそうだ。

私の選んだネクタイを締める怜を見つめていると、視線に気づいた彼に微笑まれる。

こちらに向かって手招きする怜に近寄ると、いきなりソファーに押し倒された。

「きゃっ! れ、怜、なにするの!」

「碧があんまり熱い視線で見つめてくるから、襲ってほしいのかと思って」

「そんなことな……んんっ」

反論しようとした私の口を塞ぎ、怜の舌が私の舌を捕まえる。すでに知り尽くされている私の弱いところを的確に攻められ、堪らず彼のワイシャツの胸元を掴んだ。

「はっ……怜、遅刻しちゃ……」

「もう少し。ちょっとくらい、遅刻したって平気だよ」

「ダメ、あっ、ちょっ……」

耳朶を食みながら服の中に手を滑り込ませた彼に、胸をヤワヤワと揉まれてビクンと身体が跳ねる。

「れ、怜！　もう、朝なのに……」

「だって、碧の胸柔らかくて触り心地がいいから。ああ、癒される……」

「もう！　本当に、ダメだってば」

「そう？　身体は嫌がっていないみたいだけど……」

「ひゃんっ」

ニヤリと笑った彼に、尖り始めている胸の突起を下着の上から引っかかれて、甘い声が口から漏れた。

そんな私を満足げに見つめて、さらにキスをしてこようとする彼を必死に押し止める。

「もう、本当にダメ。そろそろ……」

そう言った瞬間、家のインターホンが来客を告げた。恐らく、いや、百パーセント怜のことを迎えに来た美馬さんだ。

その音を聞いて、ため息をついた彼が小さく舌打ちをする。

「まったく、ドイツに来たなら、あいつも少しはこちらの文化に適応してくれればいいのに」

「怜が連絡を無視したりするから、意地になってるんじゃない？」

「やることは、きっちりやってるよ。新婚夫婦の邪魔をするなんて、無粋だと思わない？　日本に送り返してやろうかな」

「それはそれで、困るくせに」

そんな会話をしている間も、インターホンが繰り返し鳴り響いている。根負けした怜が、深くため息をついて立ち上がった。

「仕方ない、行くか」

「うん。……あ、ごめんなさい。シワになっちゃった」

無意識に掴んだワイシャツの胸元がシワになっている。彼はその部分を撫でて微笑んだ。

「上着を着てしまえば分からないから平気だよ。これを見ると、碧のかわいらしい姿を思い出せて今日も頑張れそう」

「な！　も、もう！　ほら、早く行かなきゃ」

赤くなっているであろう私を見て、笑いながら玄関に向かおうとした怜が、ふと足を止めて振り返る。

忘れ物かと首を傾げる私の唇に、怜がチュッと音を立ててキスをした。

「行ってくるね」

「い、行ってらっしゃい」

甘い笑みを浮かべた怜が、家を出て行く。玄関から、美馬さんと何やら言い合っている声が聞こえてくるが、それも最早、日常の一コマになっている。

段々と遠ざかっていくその声を聞きながら、熱くなってしまった顔と身体を冷ますようにふうっと息をつく。

もうすぐ出会ってから一年が経とうとしているが、私はいまだに彼に見つめられると心臓が壊れそうなほどドキドキしてしまう。

ドイツに来てから、怜の私に対する甘さがどんどん増しているというのもあるのだが……

私はソファーに座って、こちらに来るまでの怒涛の日々を思い出す。

結納を済ませた後は、本当にものすごくバタバタだった。

彼のお父さんが結納の席で、突如ドイツに行く前に結婚式を済ませた方がいいと言い出し、急遽結納から三ヶ月後の五月に結婚式をすることが決定。本当は四月からドイツへ行く予定だったけれど、そこは一月ずらすことにした。

その結果私は、引っ越し準備とドイツ語の勉強と同時に、結婚式の打ち合わせという超過密スケジュールをこなす羽目になったのだ。

そんな中、意外にも母が結婚式の準備に協力的で、リングピローやお色直しに使う花冠を手作りしたりしてくれた。茜と三人で行ったドレス選びも本当に楽しかった。

突然決まった結婚式には驚いたけど、おかげで母との間にあったわだかまりはほとんどなくなった。

それに、結婚式をしたことで今までお世話になった家族や社長、同僚達に感謝の気持ちを伝えられた。なにより怜との結婚をみんなに祝福してもらえたことが嬉しくて、大変だったけど本当にやってよかったと思った。

あの慌ただしい日々も、今となってはいい思い出だ。

そして、私と怜はドイツに移住し、一軒家を借りて新婚生活を送っている。

彼は相変わらず仕事が忙しいけれど、日本にいる時よりも二人で過ごす時間が増えた。

というのも、ドイツと日本ではそもそも文化の違いがあり、〝プライベートの充実こそが仕事の効率に繋がる〟と考えられている。つまり、やることさえきっちりやれば、あとは自由というわけだ。

あっという間にその文化に適応した怜は、日本人気質を捨てきれない美馬さんにガミガミと小言を言われているようで、たまに「まるで小姑だ」と零していた。

私はといえば、怜の知り合いのエマさんという人のもとで、ハーブの世話や手作りコスメの教室のお手伝いをしている。

まだまだ言葉の面で苦労することも多いが、愛する人との新婚生活と大好きな仕事を満喫する、幸せな毎日を送っていた。

「よし、私も仕事に行こう」

ハーブティーを飲み干し、準備をして外に出る。すると、ふわりと花の香りが漂ってきた。借りた家についている小さな庭には、私が張り切って植えたハーブや花が綺麗に咲き誇っている。

その爽やかな香りを吸い込もうとした途端、なぜか胸がムカムカして思わず口元に手を当てた。

なんだろう……昨日夕飯を食べすぎたからかな？

首を捻りながら、私は職場に向かった。

現在の私の職場であるエマさんのハーブ農園は、家から自転車に乗って十分のところにある。今日は午後から手作りコスメの教室があるため、それに使うハーブを二人で収穫していた。

「うん、これくらいでいいかしら」

「はい、じゃあ、中に運んでおきますね」

エマさんの言葉に頷いて、様々なハーブの入ったカゴを持つ。農園の中にあるレンガ造りの小さな家に入り、それをテーブルに置いた。

額に浮かんだ汗を拭い、ふうっと息を吐く。

やっぱり、今日はちょっと体調が悪いのかもしれない。暑くもないのに汗が出てくるし、なんとなく身体も怠い。吐くまではいかないものの、ずっと胸の辺りがムカムカしていて、やけにハーブの香りが鼻につく。

午後からコスメ教室があるというのに困ったな。いっそ、吐いてしまった方が楽になるか……

「碧？　どうしたの？」

胸に手を当ててそんなことを考えていると、部屋の中に入ってきたエマさんに声をかけられた。

「エマさん、いえ、なんでも……」

心配をかけたくなくてそう言おうとした瞬間、私は突然込み上げてきた吐き気に口元を押さえる。耐え切れず、その場に座り込んだ。

「碧⁉　大丈夫⁉」

慌てて駆け寄ってきたエマさんが、心配そうに私の顔を覗き込む。

「すみません……なんだか、今日は体調が悪くて」

「そうだったの……。気づかなくて、ごめんなさいね。今日は帰った方がいいわ。どんな症状？　いいハーブを選んであげるわ」

恐縮しつつエマさんに症状を伝えると、なぜかみるみるうちにエマさんの目が見開かれていく。

「あ、碧……あなた、それ……」

「え？」

エマさんの言葉を聞いた私も、驚きで目を見開いた。

※　※　※

夕陽が射し込む会議室で、俺は商談相手と向き合っていた。

ドイツは建設業界の売上伸び率がよく、ヨーロッパ事業の拠点に選ばれたのもそれが理由だ。

移民も多く、特に住宅建設の受注が多い。今回も大規模な賃貸マンションの建設の依頼を受けていた。

こちらが提示した資料から顔を上げた相手が、俺を見てニッコリと微笑み右手を差し出してくる。

「さすが、怜。こちらの条件をよく聞いてくれたね。問題なしだ。今後ともよろしく頼む」

「ありがとうございます」

その手を握り返し、軽いハグをする。これで、今日の仕事は一段落だ。

「そういえば、怜の奥さんはエマのところで働いているんだったな」

「ええ、日本でも化粧品会社の研究員をしていたので。エマさんのところで勉強させてもらっているんです」

「うちの妻もエマの生徒でね。とても礼儀正しくて素晴らしいお嬢さんだと褒めていたよ」

思いがけず出た碧の話題に、自然と頬が緩むのが分かる。

「自慢の妻ですから。奥様にも、よろしくお伝えください」

商談相手を送り出し、役員室に戻ろうと振り返ると拓矢が呆れた顔をしてこちらを見ていた。

「……顔、ニヤけてるぞ」

そう言われて、思わず頬に手を当てる。そんな俺を、拓矢はジロリと睨んだ。

「結婚してから緩みすぎじゃねえの？」

「やるべきことはきっちりやってる。愛する妻を褒められたら嬉しいのは当然だろう。ニヤけてなにが悪い」

俺が言い返すと、拓矢はぐっと言葉に詰まった。薄々気づいてはいたがこの男……

「羨ましいのか？」

「なっ、羨ましくなんか……羨ましい。あー、俺も彼女が欲しい！　結婚したい！　異国の地での一人寝が寂しい！」

あっさりと認めた拓矢に笑ってしまう。今度、食事にでも招待するかと考えたところで、ポケットに入れていた携帯が鳴った。

「……エマさん？」

碧の職場からの電話に、なにかあったのかと急いで通話ボタンを押す。

「もしもし？」

『あ、怜？　仕事中にごめんなさいね。実は、碧の体調がよくなくて……』

「碧が？　それで、今は？」

『病院に行って、家まで送って行ったから大丈夫よ。碧は、怜には知らせなくていいって言ってたんだけど、一応ね』

エマさんの言葉に、眉間にシワが寄る。また碧の悪い癖が出たか。

「すぐ、帰ります。知らせていただいて、ありがとうございました」

『あ、怜、慌てなくても……』

電話を切り、携帯をポケットにしまいながら、何事かとこちらを窺（うかが）う拓矢を見る。

「碧が体調を崩したらしい。今すぐ帰るから、何かあったら携帯に連絡してくれ」

それだけ言って、拓矢に背を向けてエレベーターに向かう。頼れる秘書は、俺の背中に「了解」の返事をくれた。

家に到着し、碧がいるであろう寝室に直行する。

扉を開けると、ハーブの独特の香りが鼻腔（びこう）を掠（かす）めた。きっと、エマさんが碧のためにお茶を淹（い）れていってくれたのだろう。

ベッドに横になっていた碧が、俺の顔を見て驚いたように身体を起こした。

「れ、怜！　どうしたの……」

「エマさんが連絡をくれた。どうして俺に連絡をくれなかった？」

そう言った俺に、碧は気まずそうに視線を揺らした。ため息をついて、ベッドに座り俯（うつむ）いている彼女の頭を撫でる。

「なんでも話すって、約束したろ？　こういう時こそ、俺を頼ってくれ」

「あの、ち、違うの。怜を頼らなかったわけじゃなくて……病気とは違うから……」

「だって、体調が悪いんだろ？　病院にも行ったって。医者は、なんて？」

首を傾げる俺に、困ったように眉尻を下げた碧が枕の下からなにかをとり出した。

「た、体調は確かによくないんだけど、病気じゃないの。あのね、妊娠……したみたいで」

「にん……しん？」

驚く俺に、碧が写真を差し出す。白黒のそれは、エコー写真だった。

「まだ二ヶ月だけど、ちゃんと心臓も動いてたよ。病気じゃないから、怜が仕事から帰って来てから話そうと思ったの」

「碧……っ！」

子供ができたという事実に、感極まった俺は碧の身体を抱きしめた。一瞬、固まった彼女も、俺の背中に手を回してくれる。

「嬉しい。ここに、いるんだな……俺達の子供が」

碧を膝の上に乗せて、下腹部を撫でるとその手に彼女の手が重なる。

「うん、不思議な感じ。まだこんなに小さいのに、生きてるんだよね」

二人でエコー写真に写る小さな命を見つめていると、サイドテーブルに置いてあった碧の携帯が鳴った。

それを手に取った碧が、弾かれたように顔を上げる。

「怜、大和から！　赤ちゃん産まれたって！　女の子！」

碧が見せてくれた画面には草川氏と茜さん、それから産まれたての赤ちゃんが写っている。

いつ産まれてもおかしくないと聞いてはいたが、無事に産まれたと聞いてホッとする。

それにしても……

「茜さんが出産した日に碧の妊娠が分かるなんて、双子ってやっぱりなにか通じるところがあるんだな」

「ふふ、来年の今頃は、私達のところにも赤ちゃんがいるんだね。気が早いけど、男の子かな？　女の子かな？」

「そうだね。でも、元気ならどちらでもいいよ」

「うん、楽しみだね」

俺を見上げた碧に息を呑む。幸せそうに微笑む彼女は、ハッとするほど綺麗だった。

思わず頬に手を伸ばし、柔らかな唇にキスをする。啄むようなキスを繰り返し、下唇を食むと彼女は小さな声を上げた。

このままでは止まらなくなると唇を離し、ほんのりと上気した彼女の頬を撫でる。

愛する女性が腕の中にいて、そのお腹には自分の子供がいる。それはなんて、贅沢で幸せなことなのだろう。

「これからは、今まで以上に大切にする」

「今のままでも十分だよ?」

「ダメだよ、もう一人の身体じゃないんだから。お腹の子も碧も、俺が守るよ」

自分に言い聞かせるみたいに、そう言ってキスをする。

「愛してるよ、碧」

「私も……」

愛の言葉を囁(ささや)くと、彼女は照れたように笑って俺の胸に頬を擦り寄せる。かわいらしいその仕草が愛おしくて堪(たま)らない。

この世界にたった一人の、運命の女(ひと)。

碧がいるだけで、何気ない日常が特別なものに変わる。これからも、そんな日々を大切にしよう。

気持ちを新たに、俺は最愛の妻の身体をそっと抱きしめた——

書き下ろし番外編

私と彼の特別な日

九月に碧の妊娠が分かってから、瞬く間に時が過ぎた。出産は日本でするという選択肢もあったが、ドイツですることになった。こちらの医療制度が充実しているという理由もあったが、碧が俺の傍にいたいと言ってくれたのだ。

初めての妊娠に不安もあっただろうに、その気持ちが嬉しくてなにがあっても碧を支えようと心に決めた。

そして、六月に入った今日。ついに朝方、陣痛がきて一緒に病院に向かったのだが……

現在、俺はオフィスでパソコンのキーボードをイライラしながら叩いていた。病院で診察を受けている最中、秘書の美馬拓矢から電話があり呼び出されたのだ。

断ろうとしたのだが、まだ産まれそうにないから大丈夫と碧に送り出された。俺の代わりにエマさんが付き添ってくれているが、やはり気が気ではない。

「悪いな、怜。一家の一大事って時に」

まったくだが、こんな状況になってるのは拓矢が悪いわけではない。むしろ、出産後の育児休暇を取得するために、スケジュールの調整でかなり苦労をかけている。

　こうなったのは、取引先の相手が一度まとまった話に突然難癖をつけてきたせいだ。それも、今日中に代替案を出せと無茶を言ってきた。しかも、この相手は俺以外とは仕事をしないと明言している。

「あの偏屈親父め……」

　恨み言のひとつも口にしないとやっていられない。強めにエンターキーを押し、立ち上がる。

「確認して先方に送っておいてくれ。これ以上の対応はできかねると念押ししておけよ」

「了解。本当、悪かったな。気をつけて向かえよ」

　拓矢にあとを託し、オフィスを出る。車に向かいながらエマさんと連絡をとった。すぐに『まだ大丈夫だから、気をつけて来て』と返信が来て少しホッとする。

　気持ちは焦るが、事故を起こしては元も子もない。逸(はや)る気持ちを抑え、深呼吸をひとつしてから病院に車を走らせた。

　陣痛室に入ると、碧は辛そうな顔で大きなクッションを抱えベッドの上に座っていた。

俺に気づくと、一瞬ホッとしたように表情を緩めたがすぐにまた顔が歪む。

別れた時とはまったく違う様子に驚いて、慌てて傍に駆け寄った。碧の腰をさすっていたエマさんが立ち上がる。

「怜、早かったわね。無事に着いてよかった」

「エマさん、付き添っていてくれてありがとう。助かった。それで、碧の状態は？」

「大分痛みが強くなっていて、お産も進んできているわ。日付が変わる前には産まれるんじゃないかしら」

現在、夕方の六時過ぎ。こんなに辛そうなのに、まだそんなにかかるのか。改めて、出産とは本当に大変なことだと実感する。エマさんにもう一度お礼を言って送り出し、隣に座って碧の手を握る。

「怜、お仕事は大丈夫だった？」

痛みが引いたのか、碧がそう聞いてきた。こんな時でも、俺のことを気にかけてくれる彼女が愛おしい。

「ごめんな、一人にさせて。心細かったよな。もう、なにがあっても離れないから」

「うん。あ、きた。うぅっ、痛ぁ……っ」

痛みに耐えるように、彼女が俺の手を強く握った。我慢強い彼女が苦しんでいる姿に、いたたまれない気持ちになる。

とにかく、自分にできることをしなくては。それからは、陣痛がくるたびに事前に教わっていた通りに腰をさする。

波が引いたタイミングで短い会話をしたり水を飲ませたりしていたが、やがてそれすらも辛くなったようだ。

小さくうめき声をあげながら、碧はひたすら痛みに耐えている。額に浮かぶ汗を拭きながら、こういう時に男は本当に無力だなと思う。俺にできるのは、力一杯腰をさすり励ますことだけだった。

時折、日本でいう助産師にあたるヘバメがきて様子を見ていくが、少しずつ分娩は進んでいるもののまだ出産まではいかないらしい。

苦しんでいる妻を前になにもできないその時間が、永遠にも感じられた。そして日付が変わろうとする頃、碧が弾かれたように顔を上げた。

「怜、ナースコール押して。破水した」

慌ててナースコールを押し、状況を説明する。すぐに分娩室にということになり、痛みが引いたタイミングを見て休みながら移動する。碧が分娩台に上がると、診察をしたヘバメが微笑んだ。

「ここまでよく頑張ったわね。もうすぐ産まれるわよ、今ドクターを呼ぶからね」

一気に周囲が慌ただしくなり、緊張が走る。バタバタと準備が始まり、医師が到着するといよいよお産が始まった。

「まだいきんじゃダメよ。赤ちゃんが苦しくなっちゃうから、我慢して。大きく深呼吸して」

碧は日常会話なら問題なくドイツ語の聞き取りができるが、この状況下では日本語の方が頭に入りやすいだろうと通訳する。辛いだろうに、俺の言葉に頷いて懸命に深呼吸を繰り返している。

「ううぅ、はあ、痛い、痛いー！」

「力が入らなくなるから、声出さない！　もう少しよ、赤ちゃんも苦しいんだから、ママも耐えて！」

突然、碧の顔つきが変わった。俺が最初に惹かれた瞳に、強い光が宿る。子供も一緒に頑張っているというヘバメの激励が強く響いたようだ。それは紛れもなく、母の顔だった。

それから碧は、本当にほとんど声を出さなかった。涙を流しながらヘバメの声に必死に応えている。

子供のために闘っている姿に胸が詰まって、涙が出そうになった。

「はい、いきんで！」

「ううぅっ、ふうー、ふうー」

「そうよ、すごく上手。もうすぐ赤ちゃんに会えるから、頑張って！」

俺の手を強く握る碧の手を握り返しながら、頑張れ、頑張れと心の中で繰り返す。どうか無事に産まれてきてくれと、ひたすらにそれだけを願った。

そして——

「……おぎゃ、おぎゃあ、おぎゃあ！」

小さな泣き声が聞こえ、すぐに分娩室中に大きな泣き声が響き渡る。だが、まだ姿は見えない。

「もう泣いて、元気な子ね。とってもかわいい女の子。ほら、ママとパパよ」

ヘバメが、子供を俺たちに向けて掲げた。そして、碧のお腹の上に産まれたばかりの赤ちゃんが乗せられる。放心状態だった碧が、そちらに手を伸ばした。

「産まれた？　ちゃんと、産まれたの？」

「ああ、すごく元気だ。よく頑張ってくれたな」

我が子に触れた碧の顔がくしゃりと歪む。涙を流す碧を見て、母子ともに無事でよかったと安堵のため息が零れた。

「ほら、パパの初仕事があるわよ。へその緒を切るから、涙を拭いて」

ヘバメの言葉に、驚いた顔で碧がこちらを見た。慌てて目元に手をやると、確かに濡れている。必死すぎて、自分が泣いていることにも気づけなかったようだ。

気恥ずかしくて、乱暴に涙を拭って手渡されたハサミを持つ。ここを切るのよと指示されるが、今まで母と子を繋いでいたものを切るのは少し緊張した。

妊娠中はこの子に直接関われなかったが、これからは違う。父親として、しっかりこの子を守っていくのだと決意を固めてへその緒を切った。

バスタオルにくるまれた赤ちゃんを抱っこした碧が、俺を見て微笑む。その姿は今まで見たどんな彼女よりも、美しかった。

※　※　※

初めての出産が終わった。身体は疲れているが、気持ちは高揚している。これが産後ハイというものかと、妙に納得してしまった。

後処理が終わり、今は病室に移る前にしばし家族水入らずの時間を過ごしている。本当に、妊娠が分かってから今日まであっという間だった。

出産直後は、終わったという気持ちがいっぱいでなにも考えられなかった。だが、落ち着いて我が子を見ると愛おしさが込み上げてくる。

「かわいいね」

「ああ、すごく」

赤ちゃんを見つめる怜も、すごく優しい目をしている。恐る恐る頬を突っついている姿が、なんだかとてもかわいい。

「エコー写真で見ていた通り、怜にそっくり」

「そうかな。目元は、碧に似ている気がするけど」

「そう？　それにしても美人さんですねー。こんなかわいい赤ちゃん、他にいるかなぁ」

私の親バカ発言に、怜がクスクスと笑った。その目はまだ赤い。いつも冷静沈着な彼が泣くだなんて、とても意外だった。

「怜が泣いてるの、初めて見た」

「……あれは、泣くだろう。感動したっていうのとは、少し違うけど。俺は、なにもできなかったし。本当に、男は無力だなって思ったよ」

「そんなことないよ。怜が来てくれて、すごく安心したし。もうなにがなんだか分からなかったから、ヘバメさんの言葉を通訳してくれたのも助かった」

仕事に送り出した時、大丈夫だと強がっていたが本当は不安で仕方がなかった。だんだん痛みが強くなってきて、もしかしたら産まれちゃうんじゃないかと思ったものだ。

結果的に、全然あんなの序の口だったけど。陣痛中には、女の人がこの痛みを忘れるなんて嘘だと思っていた。でも、我が子と対面するとやや薄れるかもしれない。うん、数年したら忘れちゃう気もする。

しかし、イケメンは泣き顔も素敵でした。それに引き換え、私は無我夢中すぎてとんでもない醜態を晒してしまっていたのではないだろうか。

正直、途中から産まれるまで記憶がないが、だからこそ怖い。幻滅されてはいないのだろうかと怜を見ると、彼も私のことをじっと見つめていた。

その目は、いつもと変わらない。いや、普段より甘い気がするのは私の願望だろうか。

「どうした？」

あまりにも私が見つめているせいか、怜が不思議そうに首を傾げた。

「いや、私……とんでもないところ見せてないかなって、ちょっと不安になった。出産で夫婦関係が変わるってよく聞くし。怜もそうなるかなって」

「いや、むしろ惚れ直した。本当に、碧は頑張ってくれたよ。俺が泣いたのも、安心したのと碧への感謝の気持ちからだし。本当に、俺たちの子供を産んでくれてありがとう」

微笑んだ怜が、身を乗り出して私の唇にキスをした。間近で私を見つめる瞳があまりにも甘くて、頬が熱くなるのが自分でも分かった。

「母親になっても、碧はかわいい。でも、出産直後に赤ちゃんを抱っこしている姿は、なんだか神々しくて美しかったな」

「そ、それは褒めすぎじゃない？」

「そんなことない。きっと、一生あの光景は忘れないと思う。……あ」

赤ちゃんを見た怜が驚いたように目を見開き、私を見た。

「今、笑ってた」

「え！」

急いで腕の中にいる我が子を見るが、スヤスヤと気持ちよさそうな顔で眠っている。

「うう、見逃した。初笑い見たかったたな」

「また見られるよ。今は本当に笑っているわけじゃなくて、反射らしいけどね。そういえば、名前なんだけど」

名付けに関しては、妊娠中から怜に一任していた。産まれてからのお楽しみにしておこうと聞いていなかったのだが、決めたのだろうか。

「桜（さくら）は、どうかな。日本的な名前にしたくて、それに俺達二人とも名前が漢字一文字だろう？　同じにしたかったんだ。桜は、ドイツの人も好きだしね」

「さくら……桜か。うん、すごくいいと思う。よろしくね、桜」

右手で頬を撫でると、眠っていた娘の口角が上がった。顔を上げると、怜も私を見ていた。二人で顔を見合わせて、笑い合う。

「素敵な名前をありがとうって、言ってるのかな？」

「そうかも。なかなかいいタイミングで笑ったな」

「だね。それにしても、ちょっと悪そうな笑みだったね」

そう言うと怜がプッと噴き出した。片方の口角だけが上がっていて、悪戯でも考えているような笑みだったのだ。

「俺も思ったけど言わなかったのに。ずっと見てても見飽きない。これから、色んな表情を見せてくれるんだろうな」

「うん。大きくなったら、いろんなところに出かけたいね」

「行こう。ああ、本当に幸せだ。碧、ありがとう」

私ごと桜を抱きしめて、怜が頬にキスをしてくれる。喜びに満ちた顔を見て、本当にこの人の子供を産めてよかったと思う。

赤ちゃんのいる生活は、きっと想像よりもずっと大変だろう。だけど、きっと怜とならら大丈夫。絶対的な味方がいるということは、なんと心強いことなのだろう。

いつか、我が子にもそんな人と巡り合ってほしい。でも、それまでは大切に育てていこう。怜と一緒に——

この子の可能性は、無限大だ。腕の中の宝物を大事に抱え直して、怜のことを見つめる。パパになったこの人のことが、以前よりずっと好きだ。

「愛してるよ、怜。本当に、大好き」

普段は恥ずかしくてあまり口にできない言葉が、するりと出た。少し驚いたように目を見開いた怜が、嬉しそうに破顔する。

「俺も、心の底から愛してる」

怜がキスをしようとした瞬間、様子を見にヘバメがやって来てそれが中断される。からかわれて不服そうに唇を尖らせる怜がかわいくて笑ってしまった。

きっとこの出来事も、出産の記憶として心に残るだろう。そうして、怜との幸せな思い出が増えていく。そして、今日からは桜も一緒だ。

何気ない日常かもしれない。でもきっと、それは私にとって特別な時間になっていくのだろう。想像しただけで、とても幸福な気持ちになった。

恋愛小説「エタニティブックス」の人気作を漫画化！
EC
Eternity COMICS
原作 幸村真桜 Mao Yukimura
漫画 秋月綾 Ryo Akiduki
私と彼のお見合い事情
あなたはもう僕のものだと
来たくなかったからです！
本当に碧はベッドの中じゃないと素直になってくれない
やっそんなことっ…
化粧品会社で働く二十七歳の碧。ある日彼女は、双子の妹の身代わりとして面倒なお見合いに駆り出される。渋々お見合い場所のホテルへ赴いた碧だったけど…そこに待っていたのは、超絶イケメンながらも、一目でクセ者とわかる身勝手＆ヘンタイ男!?　しかも思わず素でキレたら、なぜか気に入られてしまったみたいで…!?
B6判　定価：本体640円＋税　ISBN 978-4-434-26847-2
漫画 秋月綾
原作 幸村真桜
身代わりのハズが溺愛プロポーズ!?
エタニティCOMICS

 エタニティ文庫

無理やり始める運命の恋！

エタニティ文庫・赤

無口な上司が本気になったら

加地アヤメ　　装丁イラスト／夜咲こん

文庫本／定価：本体640円+税

イベント企画会社で働く二十八歳の佐羽(さわ)。同棲中の彼氏に突然出て行かれてやけ食いをしていると、その現場を尊敬する元上司に目撃されてしまった！　彼氏にフラれたことを白状すると元上司は態度を一変させ、肉食全開セクシーモードで甘く妖しく溺愛宣言してきて⁉

※エタニティブックスは大人の女性のための恋愛小説レーベルです。ロゴマークの色で性描写の有無を判断することができます(赤・一定以上の性描写あり、ロゼ・性描写あり、白・性描写なし)。

詳しくは公式サイトにてご確認ください。
http://www.eternity-books.com/

携帯サイトはこちらから！

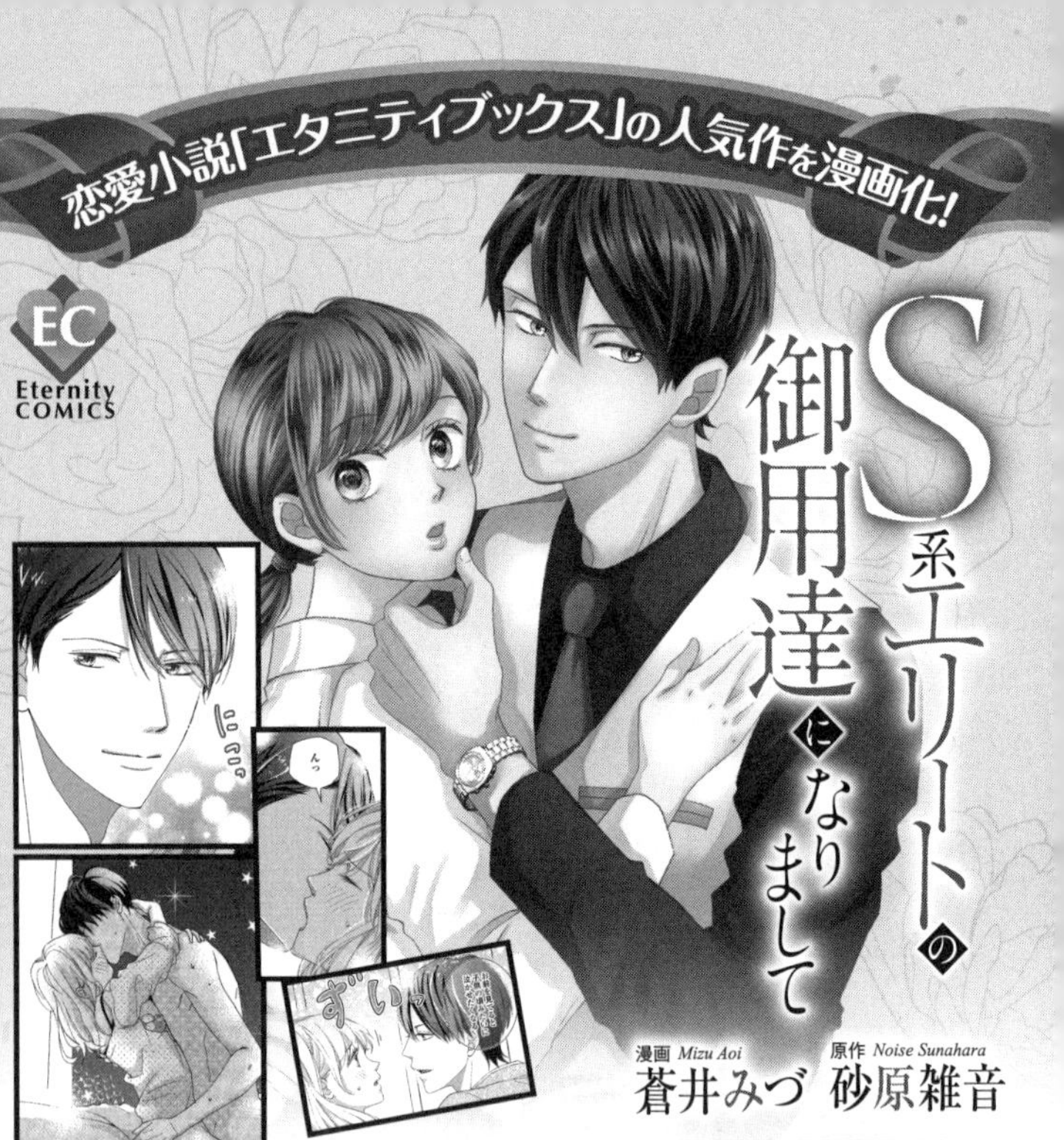

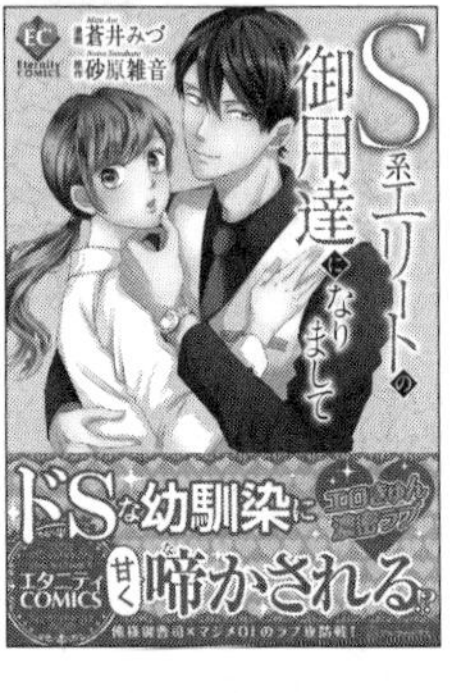

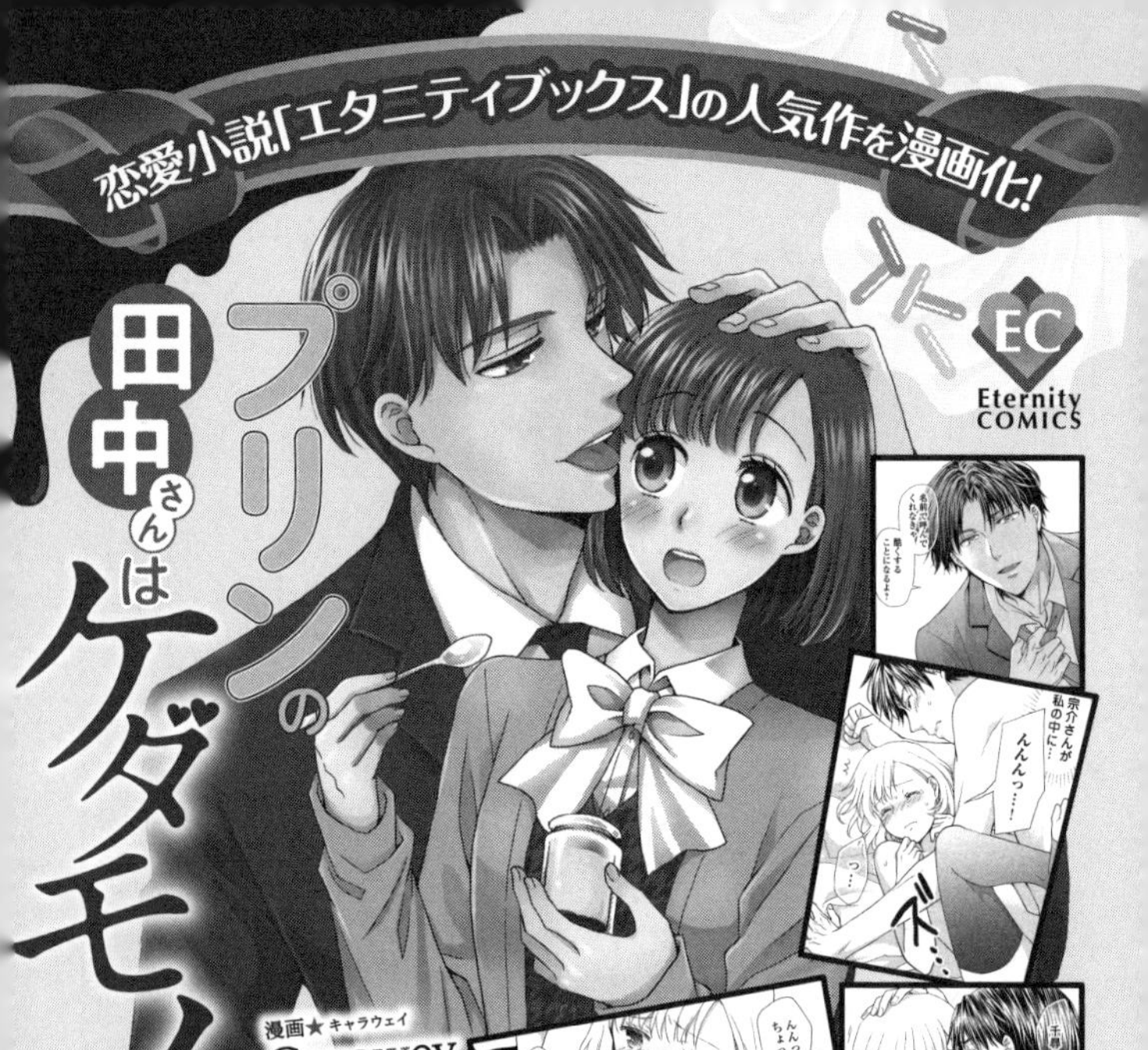

恋愛小説「エタニティブックス」の人気作を漫画化!

EC Eternity COMICS

プリンの田中さんはケダモノ。

漫画★キャラウェイ
Carawey

原作★ユキトザック
雪兎ざっく

宗介さんが私の中に…

んんんっ……!

千尋

好きだよ千尋

んんっちょっ…

宗介さん話聞いて……っ

ふにふに

人の名前を覚えるのが大の苦手なOLの千尋（ちひろ）。そんな彼女が部署異動させられて、さあ大変！　異動先の同僚たちはみんな、スーツ姿の爽やか系で見分けがつかない…。そんな中、大好物のプリンと一緒に救いの手を差し伸べてくれる男性社員が現れた！　その彼を千尋は『プリンの田中（たなか）さん』と呼び、親睦を深めていった。でもある時、いつもは紳士な彼が豹変して——!?

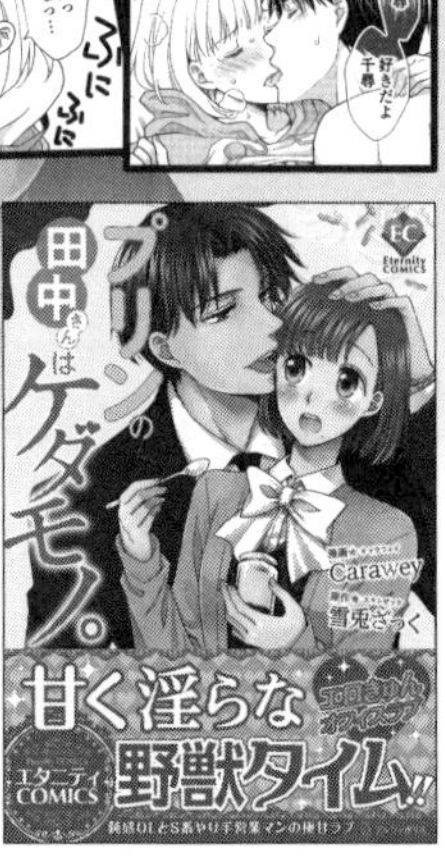

B6判　定価：本体640円＋税　ISBN 978-4-434-26768-0

本書は、2018年10月当社より単行本として刊行されたものに、書き下ろしを加えて文庫化したものです。


この作品に対する皆様のご意見・ご感想をお待ちしております。

おハガキ・お手紙は以下の宛先にお送りください。

【宛先】

〒150-6008 東京都渋谷区恵比寿4-20-3 恵比寿ガーデンプレイスタワー8F
（株）アルファポリス　書籍感想係

メールフォームでのご意見・ご感想は右のＱＲコードから、
あるいは以下のワードで検索をかけてください。

ご感想はこちらから

エタニティ文庫

私と彼のお見合い事情

幸村真桜

2020年2月15日初版発行

文庫編集－熊澤菜々子・塙綾子
発行者－梶本雄介
発行所－株式会社アルファポリス
〒150-6008 東京都渋谷区恵比寿4-20-3 恵比寿ガーデンプレイスタワー8F
TEL 03-6277-1601（営業） 03-6277-1602（編集）
URL https://www.alphapolis.co.jp/
発売元－株式会社星雲社（共同出版社・流通責任出版社）
〒112-0005 東京都文京区水道1-3-30
TEL 03-3868-3275
装丁イラスト－すがはらりゅう
装丁デザイン－ansyyqdesign
印刷－中央精版印刷株式会社

価格はカバーに表示されてあります。

落丁乱丁の場合はアルファポリスまでご連絡ください。

送料は小社負担でお取り替えします。


ISBN978-4-434-27031-4 C0193